# LA DECISIÓN DEL JEQUE
## CAROL MARINELLI

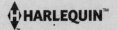

**H HARLEQUIN**™

Editado por Harlequin Ibérica.
Una división de HarperCollins Ibérica, S.A.
Núñez de Balboa, 56
28001 Madrid

I.S.B.N.: 978-84-9188-065-3
Depósito legal: M-4024-2018
Impresión en CPI (Barcelona)
Fecha impresion para Argentina: 1.10.18
Distribuidor exclusivo para España: LOGISTA
Distribuidor para México: Distibuidora Intermex, S.A. de C.V.
Distribuidores para Argentina: Interior, DGP, S.A. Alvarado 2118.
Cap. Fed./Buenos Aires y Gran Buenos Aires, VACCARO HNOS.

# Prólogo

¿DÓNDE estás, Kedah? ¡Ven aquí ahora mismo! La niñera estaba empezando a perder la paciencia con el pequeño, pero Kedah se lo estaba pasando en grande, y no tenía intención de salir.

Agazapado detrás de una estatua, vio los pies de su perseguidora y se aguantó la risa a duras penas. La pobre mujer se dirigió a la escalinata, sin saber que el rápido niño se había escondido en el mismo sitio que ella acababa de mirar.

–¡Kedah! –bramó, cada vez más enfadada.

Kedah era muy travieso, pero el pueblo de Zazinia lo adoraba; tanto era así que muchas personas se acercaban a palacio con la esperanza de verlo un momento a lo lejos. De hecho, la pequeña multitud que siempre se congregaba ante las puertas había aumentado gracias al joven príncipe.

Su encantadora sonrisa y sus ojos marrones de vetas doradas llamaban la atención de todo el mundo. Ningún miembro de la Casa Real había despertado nunca un interés tan sincero. A ojos de la gente, era la perfección infantil personificada, y su carácter revoltoso no hacía otra cosa que mejorar su buena imagen.

Para el pueblo de Zazinia, los actos oficiales solo tenían sentido cuando Kedah estaba presente. Se aburría enseguida, y hacía verdaderos esfuerzos por obedecer las órdenes de su padre, el príncipe Omar; pero no se podía estar quiero, lo cual causaba bastantes problemas.

Pocas semanas antes, su madre había tenido que llamarle la atención durante un desfile. Rina se había dado cuenta de que estaba molestando al rey, y le recriminó su actitud. En respuesta, Kedah sonrió y alzó las manos para que lo tomara en brazos. Su madre intentó resistirse, pero ¿quién se podía resistir a un niño tan encantador?

Todo el mundo notó el silencioso enfado del rey, quien desaprobaba el comportamiento de su nieto. Sin embargo, Kedah hizo caso omiso de la tensión que había causado y saludó al público con la mejor de sus sonrisas, rompiendo una vez más el férreo protocolo y ganándose una vez más el favor de la gente.

Nadie lo podía negar: era tan gracioso como travieso. Y daba más guerra que cinco niños juntos, como bien sabía su niñera.

—¡Kedah! —volvió a gritar la mujer—. ¿Dónde te has metido? Tienes que bañarte y vestirte. Tu padre y el rey llegaran en cualquier momento.

Kedah guardó silencio. No ardía precisamente en deseos de volver a ver a sus mayores, que habían estado fuera varios días. El palacio parecía más luminoso cuando el rey estaba ausente; Rina sonreía más, y hasta los empleados se relajaban. Además, no quería cambiarse de ropa sin más motivo que ver a su padre y su abuelo bajando de un avión.

¿Qué podía hacer? Normalmente, habría corrido a esconderse en la biblioteca; pero aquel día corrió hacia el lugar más inconveniente de todos: el ala de palacio donde estaban los aposentos de Jaddi, su abuelo. Kedah pensó que, como los guardias se habían ido al aeropuerto, podía explorar tanto como quisiera. Y siguió corriendo hasta que, a mitad de camino, cambió de idea.

Jaddi asustaba en cualquier situación, incluso no estando.

Tras dar la vuelta, se dirigió al ala del príncipe heredero, donde residían sus padres. Sabía que tampoco habría guardias, y le pareció una oportunidad magnífica para cotillear. No era un sitio que visitara con frecuencia; en general, sus padres iban a verlo a sus habitaciones o a la sala donde jugaba. Pero entonces, pensó que su madre se estaría echando la siesta y que lo echarían si la molestaba, así que cambió de rumbo y entró en la zona de los despachos.

Kedah se había quitado las zapatillas, y sus pasos no hacían el menor ruido. Mientras avanzaba por el largo corredor, se detuvo a contemplar los retratos de sus antepasados, que siempre le habían fascinado. Eran hombres imponentes, de ojos grises y armaduras de guerreros. Su padre estaba allí. El rey estaba allí. Y Rina le había dicho en cierta ocasión que, cuando llegara el momento, él también lo estaría.

—Has nacido para ser rey —le dijo—, y serás un buen soberano, uno que escuche al pueblo.

—¿Por qué están tan serios? —replicó el niño con curiosidad.

—Porque ser heredero real es algo muy serio.

—¡Entonces, no quiero serlo!

Cuando se aburrió de mirar los cuadros, Kedah entró en una sala de reuniones con varias mesas y se metió debajo de una, pensando que era un escondite perfecto. Segundos después, oyó a su madre en la sala contigua y se quedó extrañado. ¿Qué hacía su madre en el despacho privado de su padre?

La extrañeza del niño se convirtió en preocupación al oírla gemir y, como su padre le había pedido que cuidara de ella durante su ausencia, Kedah se incorporó al instante.

Desgraciadamente, la puerta del despacho estaba cerrada, y él era tan pequeño que no llegaba bien al pomo. Durante unos instantes, consideró la posibilidad de ir a buscar a la niñera y pedirle ayuda, pero la desestimó. Su madre lloraba muy a menudo, y no la quería poner en una situación embarazosa.

Al final, alcanzó una silla, la arrastró hasta la puerta y, tras subirse a ella, abrió.

–¿Mamá?

Kedah se quedó desconcertado. Su madre estaba sentada en una mesa, entre los brazos de Abdal.

–¡Kedah! –gritó ella–. ¡Quédate donde estás!

Kedah obedeció, sin saber lo que estaba pasando. Rina se adecentó rápidamente, al igual que Abdal, quien pasó ante el niño y se fue a toda prisa.

–¿Qué hacía Abdal aquí? –se atrevió a preguntar entonces–. ¿Dónde están los guardias?

Kedah frunció el ceño. Abdal no le caía bien porque siempre lo miraba con disgusto cuando se presentaba ante su madre y le pedía que lo llevara a dar un paseo. Era como si no quisiera tenerlo cerca.

–No te preocupes, que no pasa nada –dijo Rina, tomándolo en brazos–. Estaba triste, y Abdal me ha intentado animar.

–¿Por qué estabas triste? –preguntó su hijo–. Siempre lo estás.

–Porque echo de menos mi hogar –contestó Rina,

nerviosa–. Como sabes, Abdal es compatriota mío, así que me comprende... Vino a ayudarnos en la transición política que acabará con la unión de nuestros dos países; pero el rey es un hombre complicado, que no acepta los cambios con facilidad. Estamos intentando encontrar la forma de satisfacer a todo el mundo.

Kedah se limitó a mirar a su madre, quien siguió hablando.

–Tu padre se preocuparía mucho si supiera que he estado triste durante su ausencia. Está cansado de discutir con el rey, y ya tiene demasiados problemas. No le digas nada de lo que has visto. Es mejor que nadie lo sepa.

Kedah tuvo la sensación de que su madre le estaba ocultando algo. A decir verdad, no parecía triste, sino asustada. Pero era demasiado pequeño para entender lo sucedido, así que declaró:

–No quiero que estés triste.

–Pues no lo estaré. A fin de cuentas, tengo muchos motivos para ser feliz. Tengo un hijo muy guapo, y vivo en un sitio maravilloso.

Rina acarició la mejilla de Kedah, pero el niño le apartó la mano y, tras entrecerrar sus preciosos ojos de color chocolate, dijo:

–No quiero que vuelvas a llorar nunca más, mamá.

Justo entonces, oyeron una voz.

–Ah, estás aquí...

Los dos se dieron la vuelta al oír la voz de la niñera, quien se ruborizó al ver a Kedah en compañía de su madre.

–Discúlpeme, Alteza –se apresuró a decir–. Lo he estado buscando por todo el palacio, pero no lo encontraba.

–No te preocupes –dijo Rina, que dejó al niño en sus brazos–. Olvidemos el asunto.

Poco después, Omar y el rey regresaron a palacio, y la vida de Kedah siguió como de costumbre. Pero ya no era el mismo de antes. Había empezado a desconfiar de sus mayores, y sus travesuras tenían ahora un fondo de rebeldía.

Al cabo de unos años, sus padres tuvieron otro hijo, Mohammed, un niño modélico en todos los sentidos; y el rey, que desconfiaba del mayor de sus nietos, insistió en sacarlo del país y lo envió a un internado de Londres.

Kedah ya no era un niño para entonces; sabía lo que había pasado entre Rina y Abdal, y era consciente de estar en posesión de un secreto que podía destruir el reino, a su familia y, por supuesto, a su madre. Sin embargo, su silencio no arregló las cosas. Los secretos saltaban hasta los muros más altos y, con el paso del tiempo, los sirvientes y las niñeras empezaron a hablar, extendiendo rumores de todo tipo; entre otros, que él no era hijo de su padre.

Y, cuando Kedah volvía a palacio y veía los retratos de sus antepasados, pensaba que quizá tuvieran razón. A fin de cuentas, no se parecía a ninguno de ellos. Pero sus verdaderas dudas no tenían nada que ver con las habladurías. Sencillamente, sabía lo que había visto en aquel despacho.

# Capítulo 1

EL PRÍNCIPE Kedah de Zazinia no necesitaba a nadie. Había hecho todo lo posible por ser autosuficiente. Pero necesitaba a Felicia Hamilton.

Estaba en su despacho de Londres, leyendo un artículo en el ordenador y jugueteando con un extraño diamante esférico cuando Anu llamó a la puerta y entró. Kedah supo que había leído el mismo artículo, porque parecía tensa. Era una empleada leal, que llevaba muchos años con él. Y también era de su país, lo cual significaba que comprendía las implicaciones del asunto.

–La señorita Hamilton acaba de llegar –anunció.

–Dile que pase.

–Está en el servicio. Ha dicho que tenía que ir un momento.

Anu reiteró sus protestas del día anterior, aunque no le sirvió de nada. Nadie podía hablar con él sin hablar antes con ella, quien les hacía una entrevista preliminar. Y Felicia Hamilton no le había parecido digna de una segunda entrevista. Tenía carácter; pero, en su opinión, carecía de las virtudes necesarias para trabajar con un hombre que no se distinguía por consultar a sus subalternos. Él quería un equipo que trabajara duro y se mantuviera en la sombra.

Por supuesto, Anu se lo había dicho a su jefe y, por algún motivo que ni siquiera alcanzaba a adivinar, Kedah había desestimado sus comentarios y le había pedido que la citara otra vez al día siguiente.

–No me parece adecuada para ese trabajo –insistió de todas formas.

–Mira, comprendo tus reservas, pero ya he tomado una decisión. Avísame cuando la señorita Hamilton esté preparada.

Anu salió y cerró la puerta. Kedah se guardó el diamante en el bolsillo de la chaqueta y volvió al artículo que estaba leyendo.

*Un heredero en duda*, decía el titular; y bajo el titular, junto a una foto suya, se decían cosas que ningún medio de Zazinia se habría atrevido a publicar. El autor empezaba por el reciente fallecimiento del anciano rey y el ascenso de Omar al trono, lo cual habría reavivado un debate bastante problemático. Desde su punto de vista, Kedah llevaba la vida disipada de un playboy y, a pesar de tener treinta años, no parecía dispuesto a sentar la cabeza.

El artículo también hablaba de su hermano, Mohammed, de quien mencionaba que tenía esposa, Kumu, y dos hijos. Según el periodista, Mohammed se había ganado el apoyo de muchas personas, quienes lo consideraban mejor preparado para ser el príncipe heredero. De hecho, un grupo de representantes políticos había llevado la cuestión ante el Consejo de Regencia para que tomara una decisión definitiva al respecto.

El artículo se cerraba con una fotografía de Mohammed y Omar, bastante reveladora de las simpatías del autor; pero el pie de foto era todavía más descarado: *De tal padre, tal hijo.* Y no se refería solo a su aspecto, porque se parecían mucho, sino también al hecho de que compartían posiciones políticas.

El hermano pequeño de Kedah era tan conservador como su padre, e igualmente estirado. Eran refractarios a los cambios, como bien sabía él. Durante años, había hecho todo lo posible por convencer a Omar de que aprovechara su talento, teniendo en cuenta que se había convertido en un arquitecto de renombre; pero Omar rechazaba sus sugerencias de inmediato o esperaba un poco y las rechazaba después.

Kedah había albergado la esperanza de que cambiara de actitud tras la muerte del viejo rey, y se había llevado una decepción. Su último proyecto, consistente en construir un hotel en la costa, había terminado del mismo modo que los anteriores: rechazado. En opinión de su padre, estaría demasiado cerca de la playa privada de la Casa Real, lo cual era inadmisible.

–Bueno, se puede buscar otra solución –insistió Kedah–. Si permites que...

–Mi decisión es definitiva –lo interrumpió el rey–. Ya lo he discutido con los ancianos.

–Y con Mohammed, supongo. Me ha dicho que se muestra muy activo cuando se trata de criticar mis proyectos.

–Yo escucho a todas las partes, Kedah.

–No lo dudo, pero deberías escucharme antes a mí –alegó su hijo–. Mohammed no es el príncipe heredero.

–Pero vive aquí.

–Y yo también viviría en Zazinia si pudiera hacer algo. Te he dicho muchas veces que estoy en Londres porque aquí soy del todo inútil –replicó.

Kedah apagó el ordenador, disgustado con el artículo. Sin embargo, no podía negar que tenía un problema. Mohammed quería ser príncipe heredero y futuro rey de Zazinia. Lo había querido siempre, y contaba con el apoyo de muchas personas importantes, que efectivamente estaban presionando al Consejo de Regencia.

Por supuesto, Omar tenía la última palabra; pero, en lugar de declarar abiertamente que Mohammed era su preferido, lo estaba presionando a él para que renunciara a sus derechos dinásticos por iniciativa propia.

Y Kedah no iba a renunciar.

De hecho, estaba muy ocupado con sus planes. Tenía amigos tan ricos como influyentes; entre ellos, el astuto Matteo di Sione.

La idea de contratar a Felicia Hamilton había sido suya. Se habían encontrado en Nueva York, y no por casualidad. Kedah le dijo que se acercaban tiempos turbulentos y que necesitaba una persona que supiera manejar las cosas, alguien duro y con aguante. Matteo investigó el asunto discretamente y le propuso un nombre, que él aceptó.

Kedah miró la hora y sacudió la cabeza. En general, una candidata que llegaba tarde y luego se iba al cuarto de baño habría acabado de patitas en la calle.

¿Dónde diablos se habría metido?

Felicia estaba leyendo.

A decir verdad, no tenía intención de hacer esperar al príncipe Kedah; pero las calles del West End estaban completamente atascadas por culpa de una entrega de premios que se iba a celebrar esa noche, según le dijo el taxista, así que decidió bajarse del taxi y seguir andando.

Justo antes de llegar a la impresionante oficina del príncipe, Felicia se conectó a Internet con la tablet y vio un artículo que le llamó la atención. Por desgracia, no le dio tiempo de leerlo y, como hablaba del hombre que necesitaba de sus servicios, decidió entrar en el cuarto de baño y terminarlo.

Ahora entendía que la hubieran llamado de nuevo tras la desastrosa entrevista del día anterior. Anu la había tomado por una desempleada normal en busca de trabajo y, tras treinta minutos de incomodidad, llegó a la evidente conclusión de que no era la persona que necesitaban. Pero aquel artículo le había aclarado las cosas. No buscaban una profesional corriente. Buscaban una especialista en resolución de problemas.

Por lo visto, el príncipe heredero de Zazinia corría el peligro de perder el trono y, naturalmente, quería que alguien mejorara su reputación. Sin embargo, no iba a ser tan sencillo. Según el periódico, era un vividor y un mujeriego de fama mundial, cuyas fiestas habían llegado a ser legendarias.

Felicia no tenía ninguna duda sobre lo que iba a pasar a continuación. Él le contaría sus problemas y ella se comprometería a resolverlos. A fin de cuentas, era muy buena en su trabajo, y lo era porque lo había estado haciendo toda la vida.

Se había acostumbrado a las cámaras cuando aún no tenía edad para caminar. Su padre siempre estaba metido en líos de faldas, y su casa se llenaba de relaciones públicas y expertos en imagen que debatían sobre la forma de arreglar las cosas. Sin embargo, la prensa los seguía a todas partes, y no era extraño que se plantaran delante de su colegio o ante las oficinas de la empresa familiar.

Cuando eso pasaba, su padre les pedía que salieran del edificio tranquilamente y se dirigieran al coche que los estaba esperando en el exterior. Felicia obedecía, igual que su madre, Susannah; pero los esfuerzos de Susannah no sirvieron de mucho, porque su esposo se enamoró de una modelo y se separó de su esposa, lo cual dio pie a una batalla legal.

Felicia, que entonces tenía catorce años, pasó de vivir entre lujos a vivir como la mayoría. Se quedó sin poni, tuvo que dejar su colegio para ricos y, de paso, perdió a todos sus amigos. Susannah se hundió en la depresión, y ella aprendió a ser fuerte. Entonces vivía en un piso de alquiler y estudiaba en un instituto público; pero no se llevaba bien con sus compañeros, así que lo dejó a los dieciséis años y se puso a trabajar para ayudar a su madre a pagar el alquiler.

Afortunadamente, esos días habían pasado. Se había convertido en una profesional tan apreciada que la élite del país hacía cola por contratar sus servicios. Además, se había comprado una casa y le había comprado otra a Susannah.

Tras cepillarse el pelo rubio oscuro, se retocó el carmín y se puso un poco de rímel para enfatizar el verde de sus ojos. Cuando salió del cuarto de baño, Anu le dijo que se sentara. Ahora era el príncipe quien la hacía esperar a ella. Y como no quería estar de brazos cruzados, sacó el teléfono móvil e hizo unas cuantas fotos del artículo de prensa, dando por sentado que la Casa Real protestaría y que lo retirarían de la Red.

—Guarde el teléfono antes de entrar —dijo Anu segundos después.

Felicia abrió la boca para protestar, pero no llegó a pronunciar palabra porque entonces se oyó una voz profunda y sensual.

–No te preocupes, Anu. Estoy seguro de que la señorita Hamilton solo estaba leyendo las noticias.

Felicia lo miró. Se había preparado concienzudamente para ese momento, porque no quería que algo tan superfluo como la belleza masculina la desconcentrara. Había visto muchas fotos del impresionante Kedah, sin más intención que hacerse inmune a él. Y descubrió que las fotografías no le hacían justicia.

El príncipe llevaba corbata, camisa blanca y traje oscuro, de gusto exquisito. Pero no se quedó sin aire por su atuendo. Y tampoco fue por su piel morena o su pelo de color negro azabache. Ni por sus rasgos, que parecían esculpidos por Miguel Ángel. Ni por sus generosos labios, que no sonreían. Fue por sus ojos de color chocolate y vetas doradas, que se clavaron en ella con una potencia abrumadora.

Por suerte, Felicia era tan buena en su trabajo que mantuvo el aplomo y se levantó como si no hubiera sentido nada. Además, el hecho de que trabajara para hombres como Kedah y que cobrara un buen sueldo por ello no significaba que le gustaran. De hecho, los despreciaba con toda su alma.

–Pase, por favor –dijo él.

Felicia le dedicó una gran sonrisa, consciente de que su sonrisa volvía locos a los hombres. Era tan aparentemente abierta que los periodistas más duros le acercaban el micrófono un poco más o ampliaban el primer plano de sus cámaras para ver si flaqueaba. Pero no flaqueaba nunca. Y, por otro lado, había aprendido a no ruborizarse en ninguna situación.

–Lamento llegar tarde. El tráfico está fatal.

Kedah estuvo tentado de perdonarla, porque Felicia Hamilton lo había sorprendido por completo. Por supuesto, había buscado su nombre en Internet, y había encontrado una foto en la que aparecía con el pelo recogido y un traje severamente profesional. Pero aquella mujer no tenía nada de severa. A decir verdad, tenía un aspecto desconcertantemente delicado. Y era tan guapa que se preguntó si Matteo no se habría equivocado de persona.

¿Seguro que esa maravilla de piernas morenas, silueta perfecta y vestido blanco era lo que necesitaba? No estaba buscando una amante, sino una especialista en relaciones públicas.

–Siéntese –dijo Kedah

Felicia se sentó, dejó el bolso a un lado y cruzó las piernas, preparada para cualquier cosa. Muchos de sus clientes se ponían histéricos en cuanto cerraban la puerta, y le rogaban con desesperación que los ayudara a solventar tal o cual problema. Sin embargo, él no era de esa clase de clientes. En lugar de lanzarse a una explicación atropellada, la miró con tranquilidad y preguntó:

–¿Le apetece tomar algo?

–No, gracias.

–¿Seguro?

–Seguro. He comido hace poco.

Kedah cruzó el despacho con parsimonia y se sentó al otro lado de la mesa.

–Viene muy recomendada.

–Me alegro de saberlo.

–¿Prefiere que la hable de usted?

–No, por favor, no me gustan las formalidades –contestó Felicia–. ¿Y yo? ¿Te puedo tutear?

–Claro que sí. Llámame Kedah.

Ella asintió.

En lugar de pasar directamente a sus problemas, Kedah dijo que era un arquitecto muy conocido y empezó a hablar de su trabajo.

–Antes construía hoteles por encargo, pero ahora los construyo y me los quedo –le explicó–. Tengo una cadena internacional, lo cual significa que también tengo una plantilla bastante grande. ¿Sabes algo de la industria hotelera?

–No, aunque me he alojado en hoteles verdaderamente espantosos –dijo Felicia, intentando arrancarle una sonrisa.

Kedah no se inmutó. Siguió tan serio como antes, sin dignarse a aceptar la broma.

–Supongo que Anu te lo habrá explicado, pero tendrás que viajar mucho. Además, nuestras jornadas laborales son muy largas; a veces, de dieciocho horas diarias. Y, cuando estemos fuera, también tendrás que trabajar los fines de semana. ¿Tienes otros compromisos?

–Mis clientes son mi único compromiso.

–Magnífico. ¿Cuándo puedes empezar?

–En cuanto firmemos el contrato –Felicia sonrió–. Anu te habrá informado de mis pretensiones...

–Obviamente –dijo él, que no pareció asustado por lo que pedía–. Y ahora, hablemos de tu vida personal.

–¿Mi vida personal? Eso es un asunto estrictamente mío.

–Me alegro. Y espero que siga siendo así –replicó

Kedah–. No quiero oír que tu novio está enfadado porque no pudiste asistir a su cumpleaños o que van a operar a tu suegra y te tienes que ausentar unos días, por ejemplo. Como tú misma has dicho, son asuntos estrictamente tuyos.

Felicia soltó una carcajada, pensando que el príncipe había decidido hablar con claridad y dejarse de rodeos. Pero en lugar de decir que estaba a punto de perder el trono y que necesitaba que mejorara su imagen, retomó la conversación anterior e hizo un par de comentarios sobre un diseñador famoso que trabajaba para él.

–Hussain es un profesional excelente. Estudió con mi padre, ¿sabes? Trabajamos juntos en muchos proyectos. Sobre todo, en mi país.

Felicia tuvo que hacer un esfuerzo para no bostezar.

–Te enseñaré materiales de mi trabajo y de los hoteles que visitaremos en las próximas semanas –continuó él.

Kedah bajó la intensidad de la luz, y Felicia sintió curiosidad. ¿Qué le iba a enseñar? ¿Ejemplos prácticos de los líos de faldas en los que se había metido? ¿Grabaciones de carácter sexual? ¿Fotos con una dominatriz?

Felicia no podía saber que Kedah se lo estaba pasando en grande a su costa. Vio cómo se humedecía sus preciosos labios, sumamente interesada por lo que le iba a enseñar; y sonrió para sus adentros cuando hundió los hombros ante la presentación de uno de sus hoteles de lujo, que duró cuarenta minutos.

Al final de la grabación, él volvió a encender las luces principales y dijo:

–¿Alguna pregunta?

–No, ninguna –contestó, molesta con lo que creía un ejercicio de dilación.

–Me extraña que no tengas ninguna pregunta. Estoy seguro de que habrás venido preparada. ¿No me has investigado?

–Por supuesto que sí.

–¿Y en qué crees que consiste tu empleo?

Felicia estaba cada vez más perpleja. ¿Por qué se andaba por las ramas de esa manera? ¿Sería tímido? No lo parecía en absoluto, pero cabía la posibilidad de que necesitara un empujoncito para hablar de sus verdaderos problemas, así que decidió ser más agresiva.

–Por la información que tengo, consiste en dirigir una agencia de contactos sexuales que da servicio a un solo hombre –respondió.

Kedah, que había sacado el historial de Felicia para echarle un vistazo, alzó la cabeza y la miró a los ojos sin decir nada.

–Pero quieres que la dirija con más discreción que mis predecesores –continuó ella.

–¿Con más discreción?

–Sales con demasiada frecuencia en los medios.

–Eso no es culpa de mis empleados.

–No, pero deberían comprobar lo que se dice de ti. Si una de tus amantes se enfada contigo...

–Mi vida sexual es asunto mío –la interrumpió–, y no quiero que mis empleados hagan declaraciones públicas al respecto ni se disculpen en mi nombre. En cuanto a mis amantes, nunca he engañado a nadie. Todas saben lo que pueden esperar de mí: una o dos noches de amor. Si alguna se engaña, será porque quiere.

Esa vez fue ella quien guardó silencio.

–Sin embargo, es cierto que espero discreción de mis empleados. Naturalmente, tendrás que firmar un acuerdo de confidencialidad.

–Como le dije a Anu, yo no firmo ese tipo de acuerdos.

–Pues no puedes trabajar para mí sin firmarlo.

–Claro que puedo. Mis referencias hablan por sí mismas –dijo ella, sonriendo con tranquilidad–. Es una simple cuestión de si confías en mí o no confías.

–Pues no confío. Y no te lo tomes a mal... es que no confío en nadie.

–Me alegro, porque yo tampoco.

Kedah se empezaba a dar cuenta de que el aspecto delicado de Felicia ocultaba un carácter de hierro; y, aunque aún no tenía intención de hablarle de sus verdaderos problemas, ya había decidido que la quería en su equipo.

–Si no firmas el acuerdo, no trabajarás para mí.

–Entonces, no hay más que hablar.

Felicia alcanzó el bolso, se levantó y añadió:

–Gracias por hacerme perder el tiempo.

Ella volvió a sonreír, y él pensó que sus ojos contradecían a su boca. Eran de color verde esmeralda, y absolutamente glaciales.

–Siéntate, Felicia.

Kedah lo dijo en tono de orden, pero sin alzar la voz en absoluto, con la calma de un hombre aburrido. Y ella se sintió como si le hubiera echado un lazo y la hubiera apresado.

–Siéntate –repitió–. Aún no he terminado contigo.

# Capítulo 2

FELICIA sintió un estremecimiento. La voz de Kedah era tan intensa e hipnótica que lamentó no poder oírla en una cama, pegada a él. Era tan digna de un lecho de pasión como de una sala de reuniones, y estuvo a punto de desobedecer su orden por el simple placer de que se la volviera a repetir.

Sin embargo, Felicia no sabía que el príncipe estaba pensando en ella en términos parecidos. La encontraba inmensamente atractiva, y se permitió el lujo de admirar su cara y su cuerpo durante unos segundos. Si hubiera podido, le habría dicho que olvidaran la entrevista de trabajo y se fueran a la cama, donde habrían jugado a todos los juegos posibles. Pero estaban allí por motivos profesionales, y no quería complicarse la vida.

Felicia respiró hondo mientras él la desnudaba en su imaginación. De hecho, su deseo era tan evidente que ella se sintió como si Kedah pudiera ver su ropa interior por debajo del vestido blanco; algo bastante difícil, porque se había puesto braguitas y sujetador del mismo color para evitar precisamente eso.

Sin embargo, refrenó su deseo de salir corriendo y se volvió a sentar. No había terminado con él. Quería saber a qué estaba jugando.

–¿Por qué te niegas a firmar acuerdos de confidencialidad? –preguntó él con calma, como si el ambiente no se hubiera cargado de energía.

–Porque no tienen sentido –respondió ella–. Tú mismo acabas de decir que no confías en nadie, de donde se deduce que ni tú mismo crees en la utilidad de esos acuerdos. Cualquiera te puede traicionar.

–Pero es más seguro que no firmarlos.

–Para mí no –replicó Felicia–. Si hubiera una fuga de información, tú darías por sentado que ha sido cosa mía, con acuerdo o sin él.

Kedah no dijo nada.

–¿Y qué pasaría si hicieras algo aberrante? ¿Estaría obligada a guardar silencio porque he firmado un papel?

–No voy a hacer nada aberrante. Puede que sea malo, pero no soy el diablo.

Ella sonrió.

–De todas formas, podemos dejar ese asunto para más tarde –continuó el príncipe–. Ya veremos lo que pasa cuando termines el periodo de prueba.

–No voy a cambiar de opinión. Y no admito periodos de prueba –dijo–. Solo admito contratos de un año de duración, como mínimo.

–Puede que no te necesite un año entero.

La afirmación de Kedah reavivó la desconfianza de Felicia. ¿Qué estaba pasando allí? ¿Por qué preveía un plazo tan corto? ¿Es que estaba a punto de estallar algún escándalo?

Fuera como fuera, se hartó de jugar y dijo:

–Kedah, no soy un abogado de la acusación. Necesito que me digas la verdad.

Él guardó silencio.

—Está bien, no digas nada si no quieres —prosiguió ella—, pero ya sé lo que pasa.

—¿Ah, sí? Pues dímelo tú.

—Necesitas que limpie tu reputación. Y la limpiaré. Si me contratas, conseguiré que tengas la imagen de un monaguillo.

—Espero que no —ironizó Kedah.

—Bueno, puede que no haya sido una comparación muy adecuada, pero, si hay algo que te preocupe especialmente, solo tienes que...

—Preocuparse es inútil —la interrumpió—. Y, por lo demás, no tengo ningún problema con mi reputación. Me encanta. Me la he ganado a pulso, y de una forma tan placentera que he disfrutado cada segundo.

Ella no se inmutó, aunque era obvio que la había sorprendido. Tenía tanto aplomo que ni siquiera parpadeó, lo cual convenció a Kedah de la conveniencia de contratarla.

—De acuerdo, Felicia, no habrá cláusula de confidencialidad. Pero, si me la juegas, te aseguro que lo lamentarás amargamente. ¿Te parece bien un contrato de seis meses?

—No firmaré por menos de un año. Pero con una puntualización: dejaré el trabajo cuando haya cumplido la misión que me encargues, aunque solo tarde unas semanas. Y tú me pagarás el año entero.

Él la miró con curiosidad.

—Vaya, ¿siempre haces eso? ¿Cobras un año de sueldo por un trabajo de unas pocas semanas? —se interesó.

—Sí.

—¿Y qué piensan tus clientes?

—Nunca hablo de mis clientes con terceros, y tampoco hablaré de ti si me contratas. Ahora, ¿puedes hacerme el favor de decirme en qué consiste mi trabajo?

–Ya te lo he dicho, pero no me crees. No te quiero para que limpies mi reputación. Este leopardo no va a cambiar de motas –dijo–. Necesito una ayudante personal, y sé que eres una de las mejores. ¿Quieres el empleo? ¿O no?

Felicia se quedó completamente confundida. Kedah sacó el contrato que había preparado y lo empujó hacia ella.

–Ahora, hablemos de las condiciones –prosiguió él.

Kedah le informó del contenido del contrato mientras ella lo leía. Básicamente, implicaba que sería suya durante un año. Estaría a su entera disposición, sometida al menor de sus deseos. Tanto era así que estuvo a punto de advertirle que nunca se acostaba con sus clientes.

–En cuanto a tu salario...

–Kedah...

Él sacó un bolígrafo, tachó la suma del contrato y puso el doble.

–Supongo que te parecerá bien. Pero espero devoción por tu parte.

Felicia sacudió la cabeza.

–Mira, Kedah, no creo que yo sea la persona que necesitas.

–Al contrario. Eres exactamente la persona que estoy buscando.

Felicia echó otro vistazo al documento, cuya fecha era de ese mismo día. Si lo firmaba, empezaría a trabajar de inmediato.

¿Qué debía hacer? Su instinto le decía que saliera

corriendo del despacho; pero la actitud de Kedah había despertado su curiosidad, y quería saber qué le estaba ocultando. Siempre le habían gustado los enigmas.

Tras unos segundos de duda, alcanzó el bolígrafo del príncipe y firmó. Se había atado a un hombre inmensamente atractivo durante un año entero. Y casi lamentó que lo de «atarse» no fuera literal.

–¿Por qué sonríes? –preguntó él.

–Por algo que estaba pensando.

Felicia se giró hacia la ventana y contempló el paisaje veraniego, algo alterada por la atracción que sentía. Kedah le gustaba mucho, pero había llegado el momento de retirarse, volver a casa y aclararse las ideas.

–Estoy deseando trabajar contigo, Kedah.

–Me alegro.

Ella le ofreció la mano, pero él no se la estrechó.

–Anu te enseñará tu despacho. Tengo entendido que Vadia, mi representante en Zazinia, te llamará dentro de un rato.

–¿Dentro de un rato? Yo pensaba que empezaría a trabajar mañana.

–No, empiezas hoy.

–Pero...

–Eso es todo.

Las negociaciones habían terminado y, como Kedah también había puesto punto final a la conversación, Felicia se fue al fantástico despacho donde iba a trabajar. Su primera jornada laboral había empezado a las cinco de la tarde de un viernes.

Pocos minutos después, recibió una llamada telefónica de un chef bastante famoso, quien se ofreció a prepararle lo que quisiera para cenar. Y al cabo de un rato, Vadia le puso una videoconferencia.

La mujer, cuyo aspecto era impecable, le pidió que informara a Kedah de que el periódico en cuestión había retirado el artículo que tanto le había molestado. Felicia asintió, y tomó nota de un detalle interesante: que no se refería a su jefe con el título de príncipe o Alteza, sino por su nombre de pila.

—Ah, dile también que el pintor que está haciendo su retrato necesita terminarlo cuanto antes. Al parecer, se tiene que someter a una operación dentro de un par de meses.

—Se lo diré.

Vadia pasó entonces a la apretada agenda de Kedah, tan llena de actos y obligaciones que Felicia se preguntó de dónde sacaba el tiempo para mantener su reputación de mujeriego.

—Te volveré a llamar mañana —sentenció Vadia cuando terminaron de repasar el plan de trabajo—. No te olvides de decirle lo del pintor. Y recuérdale que, la próxima vez que vaya a Zazinia, tiene que elegir una fecha para el asunto de la elección de novia.

—¿La elección de novia? —preguntó Felicia, desconcertada—. ¿Qué es eso?

—Kedah lo sabe —contestó Vadia con una sonrisa—. Infórmale de que el rey quiere saber la fecha cuanto antes.

Vadia se despidió y Felicia se quedó a solas en el despacho, intentando asimilar lo sucedido. Kedah afirmaba que su reputación no era un problema para él, pero lo podía llegar a ser para su novia. Sobre todo, si no hacían nada al respecto.

¿La habría contratado por eso? ¿Se iba a casar y necesitaba que se hiciera cargo de su vida social en Inglaterra?

Era bastante posible, y del todo inaceptable.

Felicia estaba acostumbrada a apagar fuegos, no a cruzarse de brazos y permitir que las llamas provocaran un incendio.

Para llegar al despacho de Kedah, las visitas tenían que pasar antes por el de Anu. Y, cuando Felicia fue a hablar con el príncipe, descubrió que la secretaria estaba cenando y viendo una entrega de premios en el ordenador.

–¡Ha ganado! –exclamó Anu un segundo después.

Felicia se acercó a su ordenador, miró la pantalla y vio a una actriz que subía en ese momento a un escenario.

–Fíjate en ella –continuó Anu, emocionada–. ¿No te parece encantadora?

Felicia quiso decir que la actriz se estaba limitando a actuar, como hacían todas las actrices, y que el hecho de que saludara a todos los presentes no significaba que fuera encantadora. Pero Kedah apareció en ese momento.

–Ah, estaba a punto de entrar en tu despacho –dijo Felicia al verlo–. Vadia necesita que pongas una fecha para...

–Ahora no –la interrumpió–. Necesito que llames al Ritz para que preparen mi suite, y que me consigas una invitación para la fiesta de Beth.

–¿Beth? ¿Quién es Beth? –le preguntó, frunciendo el ceño.

–La actriz que acaba de ganar el premio.

–¿Es que la conoces?

–Todavía no.

La respuesta no fue de Kedah, que se marchó de repente y la dejó con la palabra en la boca, sino de Anu, que parecía más que acostumbrada a las excentricidades de su jefe. Pero Felicia no hizo ningún comentario al respecto y, tras llamar al Ritz, descubrió que la suite de Kedah ya estaba preparada y que los organizadores de la fiesta de Beth no solo estaban encantados de invitarlo, sino que se ofrecieron a enviarle un coche.

—¿Un coche? —dijo ella—. No lo sé, tendré que consultarlo.

—Pregúntaselo a él —intervino Anu—. Aunque dudo que necesite uno.

Felicia dijo al encargado del Ritz que lo llamaría después y entró en el despacho del príncipe, quien se estaba cambiando de camisa. Tenía unos hombros increíblemente anchos, y un estómago tan perfecto que ella volvió a pensar en una escultura de Miguel Ángel.

—Ya te habían reservado una invitación —le informó, haciendo un esfuerzo por no carraspear—. Quieren saber si necesitas que te envíen un coche.

—Diles que no. Prefiero ir por mi cuenta.

—De acuerdo.

Kedah alcanzó una corbata y se la puso.

—¿Puedes llamar a mi chófer?

—Por supuesto. Pero antes, me gustaría hablar contigo de un par de cosas —contestó ella—. Vadia me ha dicho que el pintor tiene que terminar tu retrato cuanto antes, y que el rey quiere una fecha para la elección de novia.

Felicia supuso que la expresión de Kedah cambiaría cuando mencionara el asunto de las novias, pero se limitó a ponerse la chaqueta y decir:

—Lo hablaremos en otro momento. Hasta mañana.

El príncipe parecía tener prisa por llegar a la fiesta y conquistar a la actriz del premio. Felicia lo vio en sus ojos, y supo que no tenía sentido que insistiera; pero, cuando ya se estaba yendo, lo llamó.

—¿Kedah?

—¿Sí? —dijo él con impaciencia.

—Tengo la sensación de que esa actriz no es tan agradable como parece —contestó—. Te lo digo porque tengo la costumbre de advertir a mis clientes cuando pienso que están a punto de meterse en un lío.

Felicia esperaba que Kedah la interrogara sobre Beth y, una vez más, se llevó una sorpresa. En lugar de preguntar qué sabía de la actriz, el príncipe cruzó el despacho y se plantó ante ella. No se podía decir que estuvieran literalmente pegados, pero consiguió que se sintiera intimidada. Su fragancia y su cercanía resultaban abrumadoras.

—Yo no soy tu cliente, Felicia —dijo, muy serio—. Soy tu jefe, y será mejor que te lo metas en la cabeza.

—Solo pretendía...

—No necesito advertencias de nadie —la interrumpió una vez más—. Pero ya que te interesa, te diré que soy consciente de que Beth no es el encanto que parece ser. De hecho, voy a esa fiesta con intención de demostrarlo.

Kedah sonrió.

Era la primera vez que le sonreía de verdad.

Y menuda sonrisa.

Felicia se sintió tan despierta como si se hubiera tomado diez cafés. Todo su cuerpo se despertó de repente. Todo su cuerpo y toda su piel, porque fue como si Kedah la acariciara lentamente con sus largos dedos.

–Buenas noches, Felicia. Ardo en deseos de trabajar contigo –declaró con segundas.

–Está bien, está bien –replicó ella, alzando las manos en un gesto de rendición–. Supongo que no necesitas otra madre.

–Desde luego que no.

–Sin embargo, te advierto que no seré yo quien te busque hoteles y te organice fiestas cuando hayas elegido novia.

Él abrió la boca con intención de decir algo, pero la volvió a cerrar porque no tenía la costumbre de dar explicaciones a los miembros de su plantilla, aunque el miembro en cuestión se llamara Felicia Hamilton.

Felicia trabajaba para él. Era una empleada, y eso era todo lo que iba a ser. Además, el mundo estaba lleno de actrices y modelos dispuestas a ser amantes suyas.

–Te veré mañana por la mañana, a las siete y media. Y no llegues tarde.

Kedah salió del despacho y cerró la puerta. No dio ningún portazo, pero Felicia se sintió como si lo hubiera dado porque ya se había obsesionado con él. Al fin y al cabo, era un hombre inmensamente atractivo.

Decidida a expulsarlo de sus pensamientos, se recordó el consejo que le había dado su madre en cierta ocasión: que no se enamorara nunca de un canalla; sobre todo, si ese canalla le hacía sonreír.

Y Kedah le hacía sonreír.

Indudablemente.

# Capítulo 3

FELICIA salió a las calles de Dubái y se dirigió al restaurante donde había quedado. Era una comida de negocios, y no tenía tiempo para disfrutar del paseo y las maravillosas vistas. Los ayudantes de Kedah no tenían tiempo para nada; siempre estaban ocupados.

Para ella, era una situación completamente nueva. Nunca había tenido un empleo fijo. Trabajaba tres o cuatro semanas seguidas, cobraba el sueldo convenido y se quedaba sin nada hasta que la volvían a contratar. Pero ahora, a sus veintiséis años, había descubierto lo que implicaba trabajar de sol a sol, y con el agravante de tener que viajar por todo el mundo con su jefe.

Desde luego, no se podía quejar del transporte; Kedah viajaba en un reactor privado, tan lujoso como todos los hoteles donde se alojaban. Sin embargo, su avión era una especie de segunda oficina, y no descansaban ni entre las nubes.

Si hubiera sabido lo que la esperaba, jamás habría firmado un contrato de un año de duración. Y encima, no se podía quejar. A fin de cuentas, la idea había sido suya. Kedah le había ofrecido un periodo de prueba, y ella lo había rechazado.

¿Cómo podía haber sido tan estúpida? Sobre todo,

teniendo en cuenta que ni siquiera estaba engañada sobre el trabajo que iba a desempeñar. El príncipe había sido explícito al respecto. Le había dicho lo que esperaba. Se lo había advertido. Y aun así, ella se había empeñado en firmar por un año.

Pero eso no era lo peor. Llevaba ocho semanas en el puesto, y seguía sin creer que Kedah la quisiera como simple ayudante. De hecho, ni siquiera se le daba especialmente bien. Solo sabía que se levantaba a las seis de la mañana todos los días, que trabajaba a destajo y que salía de la oficina a altas horas de la noche, cuando Kedah se iba de fiesta con su última conquista.

¿De dónde sacaba el príncipe las energías? Ella terminaba tan agotada que solo quería dormir, y tenía tantas ojeras que ya no las podía disimular con el maquillaje.

Lo del día anterior había sido una excepción a la regla. Kedah le había pedido que comprara dos entradas para una función de teatro, a la que se fue en compañía de una de sus amantes. La función empezaba a una hora relativamente temprana, así que Felicia terminó de trabajar antes que de costumbre. Pero, en lugar de disfrutar de su tiempo libre, estuvo enfurruñada toda la noche.

Y ahora, tras pasarse varias horas pegada al teléfono, organizando el inminente viaje del príncipe a su país, había quedado a comer con él para repasar los pormenores de su visita a Zazinia. El pintor tenía que terminar el retrato de marras, y el rey quería solucionar el asunto de la elección de novia.

¿Sería ese el problema? ¿Su padre lo estaba presionando para que se casara? Tenía que ser eso, porque estaba segura de que Kedah no quería casarse con nadie.

Cuando llegó al restaurante, se dirigió a uno de los camareros y dijo:

–Buenos días. Tengo una reserva a nombre de Felicia Hamilton.

–Acompáñeme, por favor.

Felicia había reservado personalmente la mesa, puntualizando que iba a comer con un personaje importante; pero, como de costumbre, no había dicho hasta qué punto lo era. Le gustaban ese tipo de juegos, y sonrió con malicia cuando el camarero cruzó el impresionante local y la llevó a una mesa baja con cojines en el suelo y un par de orquídeas como decoración.

Tras sentarse en uno de los cojines, se sirvió un vaso de agua helada y se volvió a preguntar sobre su jefe. ¿Qué pasaba con su boda? ¿Habría dejado embarazada a alguna de sus amantes? No creía que ese fuera el problema, porque Kedah lo habría solucionado con su habitual estilo expeditivo. Pero quizá había dejado embarazada a una fulana, lo cual pondría en peligro sus posibilidades de seguir siendo príncipe heredero.

Felicia lo sopesó detenidamente, y llegó a la conclusión de que la teoría de la fulana era ridícula. Kedah no necesitaba pagar por acostarse con nadie. Y si lo hubiera hecho, no le habría preocupado la opinión de los demás.

Mientras esperaba, bebió un trago de agua. Era consciente de que pensaba mucho en la vida sexual del príncipe, aunque intentó quitarle importancia. El hecho de que procurara no mezclar los negocios con el placer no significaba que tuviera una actitud fundamentalista al respecto. Fantaseaba a menudo con él. Y a veces, cuando la miraba con intensidad, se sentía como si estuviera desnuda.

Si Kedah se le hubiera insinuado, se habría rendido casi inmediatamente; pero se comportaba como un perfecto caballero, con una educación exquisita. Y, en cualquier caso, no quería ser como una de sus amantes, que se mostraban tan encantadoras como sumisas hasta que él se cansaba de ellas, momento en el cual cambiaban de actitud.

Beth, la actriz de la entrega de premios, era un buen ejemplo. Se había enfadado tanto cuando le informó de que Kedah no quería hablar con ella que, con toda seguridad, le habría pegado una patada al gato ciego de su vecina.

—¿Has pensado ya en el regalo que quieres? —le preguntó Felicia, intentando no reírse.

Lo del regalo no era ninguna tontería. Cuando Kedah rompía con sus amantes, les enviaba un folleto con una serie de regalos entre los que podían elegir. La lista no incluía joyas, porque al príncipe le parecían demasiado personales, pero tenía cosas como vacaciones de lujo. Y nadie se quejaba nunca. Al fin y al cabo, una semana en el sur de Francia o un viaje al Caribe eran una buena forma de superar un desengaño amoroso.

Beth eligió un crucero por el Caribe, y Felicia estuvo a punto de decirle que, si estaba verdaderamente interesada en Kedah, tenía que rechazar el regalo y hacerle algún comentario insultante sobre lo que podía hacer con su folleto. Conociendo al príncipe, la actriz habría ganado unas cuantas noches de amor. Pero era como todas las demás y, por supuesto, prefería el viaje.

Ahora bien, ¿qué estaba pasando allí? Felicia no se podía creer que Kedah solo la quisiera para quitarse de encima a sus amantes y presentarle a los gerentes de todos sus hoteles. ¿Por qué necesitaba saber que el director del hotel de Dubái era tan nervioso como buen profesional, por ejemplo? ¿Por qué quería que conociera a su equipo de abogados y a los jefes de sus departamentos de contabilidad?

No tenía ningún sentido.

Aún le estaba dando vueltas cuando oyó un rumor que solo podía significar una cosa: que Kedah acababa de llegar. Y no le extrañó que los clientes del restaurante reaccionaran de ese modo. Estaba impresionante cuando llevaba traje, y lo estaba mucho más con la blanca túnica tradicional de su país.

Mientras él se acercaba, Felicia admiró sus grandes y bellos labios, tan perfectos como sensuales; y, cuando llegó a su altura y le sonrió, tuvo la sensación de que el mundo se había iluminado de repente. Aquel hombre altivo parecía caminar entre un aura de color dorado. Era el proverbial lobo con piel de cordero.

Pero menudo lobo.

Era absolutamente fascinante.

—Dios mío. No sabía que estaba esperando al príncipe Kedah, señorita —dijo el maître, preocupado—. Si me lo hubiera dicho...

—Le dije que estaba esperando a alguien importante —puntualizó ella.

—Le ruego que nos disculpe, Alteza —declaró el hombre, dirigiéndose a Kedah—. Si me lo permite, los llevaremos a una mesa más adecuada para ustedes.

—Por supuesto.

Felicia sonrió para sus adentros y los siguió hasta una mesa mucho mejor que la anterior; una mesa donde no corrían el peligro de que nadie escuchara sus conversaciones. Ahora estaban en una sala privada, con vistas al puerto deportivo de Dubái. Y no se oía más ruido que el de las aguas de una fuente.

—Te encanta ese juego, ¿eh? —dijo Kedah, sentándose al otro lado—. Me refiero al de no decir en los restaurantes que me estás esperando a mí.

—Sí, me gusta muchísimo.

Kedah la miró con su intensidad de costumbre, como si estuvieran solos en el mundo y solo tuviera ojos para ella.

—Pues no entiendo por qué, la verdad.

—Porque es muy divertido. Todos se ruborizan cuando te ven.

Kedah se preguntó qué hacía falta para que ella se ruborizara. Felicia tenía un aplomo admirable, y no perdía la compostura en ninguna situación. Habría dado cualquier cosa por atravesar sus defensas y descubrir los secretos de aquella mujer fascinante.

Al pensarlo, se sorprendió. Nunca mantenía relaciones personales con los miembros de su plantilla; pero, cuanto más tiempo pasaba con ella, más le interesaba lo que tenía en la cabeza. Y era una cabeza muy bonita, con el pelo generalmente suelto; un pelo que aquel día llevaba recogido, lo cual le daba una imagen severa que no le sentaba bien. ¿O es que había perdido peso? Tenía bastantes ojeras, aunque intentaba disimularlas con maquillaje.

Kedah pensó que sus ojos eran preciosos; cambiaban de tono en función de la luz, y ahora estaban de color verde océano. Pero no quería sumergirse en esas aguas. No quería enturbiar sus relaciones y correr el riesgo de perderla por algo tan fácil de conseguir como el sexo; por lo menos, para él.

Entonces, ¿por qué coqueteaba con ella con tanta frecuencia? Sobre todo, teniendo en cuenta que no era de los que se molestaban en coquetear. No le hacía falta. Tenía tanto poder y atractivo que las mujeres caían en sus redes sin necesidad de mover un dedo. Y, sin embargo, soñaba con verla desnuda. Ansiaba sus conversaciones. Quería reírse otra vez con las historias que le contaba.

Para ser tan discreta como decía, hablaba mucho de sus antiguos jefes; aunque ella no los llamaba «jefes», sino «clientes». Y el término le molestaba un poco, porque sonaba vagamente sexual.

¿Con cuántos de ellos se habría acostado? Había visto sus referencias profesionales, y la lista incluía a varias personas que no le caían precisamente bien.

Eso también le molestaba. Pero no era asunto suyo, y no se podía interesar al respecto.

Fuera como fuera, Kedah no estaba enfadado aquella noche por las posibles relaciones amorosas de su subordinada, sino por lo que había pasado la noche anterior. Y decidió ponerla en su sitio.

—Felicia, cuando te pido que reserves entradas para una función de teatro, espero que consigas las mejores butacas disponibles.

—Te conseguí las mejores —se defendió ella—. De hecho, tuve que pedir unos cuantos favores para conseguirlas.

Kedah suspiró.

—No te hagas la tonta. Como de costumbre, olvidaste mencionar que eran para mí.

—Discúlpame, pero en la entrevista de trabajo me dijiste que querías discreción.

—Quiero los mejores asientos de verdad —insistió él—. Si no me hubieran reconocido, mi acompañante y yo habríamos terminado detrás de una columna. La próxima vez, di que las entradas son para mí.

—¿Y qué pasa con mi juego? No me podré divertir.

—Oh, qué pena —se burló él—. En fin, será mejor que pasemos a lo importante. Necesito que hagas un hueco en mi agenda. Tengo que ir a los Estados Unidos dentro de dos semanas.

Felicia frunció el ceño. De repente, se le ocurrió la posibilidad de que Kedah ya estuviera casado, y de que ese fuera el escándalo que intentaba ocultar.

—¿Vas mucho a los Estados Unidos?

Él asintió.

—¿Adónde?

—A todas partes. Pero, generalmente, a Nueva York —contestó—. Mi amigo Matteo vive allí.

—¿El que tiene un equipo de coches de carreras?

Kedah asintió de nuevo.

—¿Has estado alguna vez en Las Vegas?

—¿A qué viene esa pregunta? —dijo él con desconfianza.

Felicia sonrió.

—Bueno, estaba pensando que quizá hayas estado allí con Matteo y hayas hecho algo de lo que ahora te arrepientes.

—Yo nunca me arrepiento de nada. Ni me arrepiento ni pierdo el tiempo, que es lo que estamos haciendo ahora. ¿Podemos pasar a mis compromisos de mañana?

La pregunta se quedó en el aire, porque el nervioso camarero apareció en ese momento con dos vasos de té a la menta. Kedah le dirigió unas palabras en árabe, y Felicia se dio cuenta de que intentaba tranquilizarlo.

Era un hombre arrogante, pero también amable.

Era una contradicción encantadora.

–¿Qué te apetece comer? –dijo el príncipe unos momentos después.

–No sé. Un poco de fruta. Algo ligero.

–Como quieras.

Kedah pidió la comida y, cuando se quedaron nuevamente a solas, le preguntó por el hotel donde se alojaban. Pero no era una pregunta inocente. A fin de cuentas, era el propietario y lo había diseñado él.

–Es una maravilla –respondió ella–. Lástima que no tenga tiempo de disfrutar de sus instalaciones.

–Me alegra que te guste. Creo que he encontrado un sitio perfecto para su hermano.

–¿Para su hermano? No sabía que los edificios tuvieran hermanos.

–Pues los míos los tienen. Hermanos y hermanas –puntualizó él.

–¿Y cuándo decides el sexo que van a tener? –preguntó Felicia con humor–. ¿Antes de construirlos?

Kedah sonrió.

–Sí, supongo que sí –dijo–. Pero, sea como sea, quiero echar otro vistazo al sitio después de comer. Además, he quedado con un aparejador... lo cual me recuerda que deberías cambiarte de calzado. Los tacones no se llevan bien con las obras.

El camarero volvió al cabo de unos minutos con

la comida, consistente en un surtido de cítricos, pitayas e higos y una *mousse* tan ligera que se deshacía en la boca. Mientras comían, Kedah le hizo más preguntas sobre el hotel, y ella contestó con su sinceridad habitual.

Normalmente, la sinceridad de Felicia le agradaba mucho. A diferencia del resto de los trabajadores de su plantilla, no tenía miedo de decir lo que pensaba. Sus opiniones eran siempre interesantes y, en ocasiones, rotundas.

En determinado momento, quiso saber qué sentía una profesional como ella, acostumbrada a alojarse en hoteles normales, cuando accedía de repente a suites con piscina y mayordomo propio.

—Es fantástico —contestó Felicia.

—Estoy seguro de ello. Pero ¿no hay nada que se pueda mejorar?

Felicia se esforzó por encontrar algún defecto en un lugar tan increíblemente divino. Y encontró uno, aunque bastante pequeño.

—El servicio es un poco incongruente.

—¿Incongruente? —preguntó él, llevándose un higo a la boca.

—Anoche no había chocolatinas en mi almohada.

—Oh, pobre Felicia... —se burló Kedah.

—Solo pretendía decir que no puedes acostumbrar a la gente a una cosa y quitársela después. Si nunca me hubieran puesto chocolatinas en la almohada, no las habría echado de menos. Y, cuando anoche vi que no estaban, me llevé un pequeño disgusto.

Felicia no fue completamente sincera. Sospechaba que su disgusto de la noche anterior no tenía nada que ver con las chocolatinas, sino con el hecho de que Kedah se hubiera ido al teatro con otra de sus amantes. Pero era cierto que se habría sentido mejor si hubiera tenido dulces a mano.

—De todas formas, no tiene importancia —concluyó.

—Tomo nota —dijo Kedah—. ¿Te volverías a alojar en el mismo hotel si volvieras a Dubái?

Para sorpresa del príncipe, Felicia sacudió la cabeza.

—No.

—¿Por qué?

—Porque prefiero probar sitios nuevos.

—Si estuvieras realmente satisfecha con tu alojamiento, no sentirías la necesidad de probar otro —observó él—. Dime la verdad. ¿Por qué no volverías?

—Bueno, es un hotel impresionante, pero... —Felicia respiró hondo, incómoda—. ¿Estás seguro de que quieres que critique una de tus creaciones preferidas?

—Por supuesto que sí.

—Sinceramente, lo encuentro algo impersonal. Y ahora no te enfades. Lo he dicho porque tú te has empeñado.

—Lo sé.

—Tendríais que cuidar más los detalles.

—¿Qué tipo de detalles?

Ella se encogió de hombros.

—No sé. Las toallas, quizá. Siempre son de color blanco, y estoy cansada de que todo sea de color blanco.

Esa vez, Felicia fue hasta más sincera de la cuenta; pero no estaba pensando en las toallas blancas del hotel, sino en la túnica blanca de Kedah. Le habría gustado que se la quitara para extender los brazos y acariciar su cuerpo.

Ese era el problema con él. No las largas horas de trabajo ni los cambios horarios por culpa de sus frecuentes viajes.

El problema era que lo deseaba.

Y, cuando estaban así, sentados a una mesa y bordeando una vez más el coqueteo, Felicia lamentaba no poder hablar con Kedah en el lugar que verdaderamente le apetecía: entre las sábanas de una cama.

–Vamos, seguro que hay algo más –dijo él–. Eso no puede ser lo único que te disgusta.

Felicia tuvo que hacer un esfuerzo para no decirle lo que estaba pensando.

–Qué sé yo... No soy una experta en el sector hotelero –replicó, preguntándose por enésima vez por qué la había contratado.

–Muy bien, tomaré en consideración lo de las toallas, aunque algunos de mis hoteles las tienen de colores distintos. En Estados Unidos, por ejemplo, son de color negro y marrón.

–Ah.

–Y a la gente le gustan.

Felicia empezó a perder la paciencia.

–¿Qué estoy haciendo aquí, Kedah? ¿Por qué estamos hablando de toallas?

–Porque la decoración es importante.

–¡Pues contrata a una persona a quien le preocupe la decoración! –dijo ella–. ¿Qué demonios estoy haciendo aquí?

–Lo sabrás a su debido tiempo.

–¿Es que estás casado? ¿Es eso? ¿Te casaste durante una borrachera y necesitas que borre esa mancha de tu historial?

–¿Por eso me has preguntado lo de Las Vegas? ¿Crees que me casé con alguien?

Kedah echó la cabeza hacia atrás y rompió a reír. Felicia miró su cuello y deseó besarlo.

–No, no estoy casado con nadie.

–Entonces, ¿es que tienes un hijo?

–No, pero tú tienes una imaginación desbordante.

–No tendría nada de particular. Supongo que tus amantes y tú hacéis algo más que acariciaros las manos. Y a veces hay accidentes.

–No en mi caso. Soy muy precavido.

Kedah la miró de nuevo y pensó que era una mujer admirable. No se ruborizaba ni con los temas de conversación más escabrosos.

–De todas formas, eso no sería un problema –continuó él.

–¿Que no? Dudo que tu padre se alegrara mucho.

–Felicia, no sería la primera vez que un príncipe heredero de mi país deja embarazada a una mujer con la que no está casado. Pero, si se llegara a dar esa situación, sería Vadia quien lo solucionara... no tú –declaró Kedah–. Y ahora, si no te importa, ¿podemos volver a mis problemas de agenda?

Felicia guardó silencio.

–Nos iremos mañana por la mañana, a las cinco en punto –prosiguió Kedah–. Llegaremos a Zazinia alrededor de las doce, y estaré ocupado con asuntos familiares. No tendrás gran cosa que hacer.

–En ese caso, ¿por qué quieres que te acompañe?

Felicia lo preguntó con verdadero interés. Habría dado cualquier cosa por poder volver a su casa y dormir a pierna suelta; cualquier cosa con tal de estar veinticuatro horas lejos de los intensos ojos de Kedah.

–Porque...

Kedah tardó unos segundos en terminar la frase. ¿Por qué quería que lo acompañara? Nunca se llevaba a su ayudante de Londres cuando iba a Zazinia. A veces, le pedía a Anu que viajara con él, pero nada más. Quería que lo acompañara por la simple y pura razón de que le gustaba su compañía.

–Porque es más barato así –mintió–. Si volvieras a Londres, tendrías que irte en otro avión.

–¡Venga ya! –protestó ella.

–Además, están haciendo obras en el ala de palacio donde me alojo, y me gustaría que...

–¿Que me ponga a tirar paredes?

–No, que saques unas cuantas fotografías y anotes mis sugerencias –contestó Kedah–. Si no es demasiado problema, claro.

–No, claro que no –ironizó ella.

–Como ya he dicho, voy a estar bastante ocupado. El pintor tiene que terminar mi retrato, y yo tengo que cenar con mi familia.

–Oh, qué agradable.

Kedah no reaccionó ante su comentario sarcástico. Ni siquiera sonrió. Pero no era necesario, porque ella sabía que tenía un problema familiar bastante grave.

–No olvides que también está el asunto de tu boda –continuó Felicia.

–No lo olvido.

–Entonces, ¿vas a elegir novia?

–Es posible.

Kedah estaba cansado de que su padre usara ese tema como excusa para no aclarar las cosas de una vez. Era un farol, y quizá había llegado la hora de aumentar la apuesta y obligarlo a enseñar sus cartas.

Sin embargo, el conflicto con su padre no le interesaba tanto en ese momento como la sombra que había cruzado los ojos de Felicia al oír que, efectivamente, estaba considerando la posibilidad de casarse. Por primera vez, sus sentimientos la habían traicionado en público. Pero se recuperó enseguida, y se apresuró a disimular.

—Odio las bodas —dijo—. Espero que no me pidas que organice la tuya.

Él sacudió la cabeza.

—No te preocupes. Llegado el caso, serían otros los que la organizaran —replicó—. Tú solo tendrías que procurarme unas cuantas noches de pasión desenfrenada antes de sentar la cabeza con mi prometida.

—Oh, Dios mío. Pobre Londres.

—No, pobre mundo.

La puntualización de Kedah no era gratuita. Si al final se comprometía, disfrutaría de sus últimos días de soltero por todo el planeta. Aunque últimamente no disfrutaba demasiado. Lo de la noche anterior había sido un ejemplo, y no porque las butacas del teatro estuvieran mal, sino por la compañía.

Quería estar con Felicia, no con aquella mujer.

—Pero, por otra parte, puede que cambie de actitud —siguió Kedah—. Si voy a elegir novia, convendría que fuera más discreto.

Ella apartó la mirada. Tal vez, porque no soportaba la idea de que se casara o, tal vez, porque se giró hacia un camarero para pedirle una jarra de agua.

Hasta en eso era diferente. Las mujeres de Dubái no solían llamar a los camareros: esperaban a que un hombre los llamara. Sin embargo, Felicia no se sometía a ninguna convención. Y, si se llegaban a acostar, sería la primera mujer que no perdiera la cabeza por él.

Kedah abrió la boca para derivar la conversación hacia lo que realmente le preocupaba; pero no encontró ninguna forma fácil, así que hizo otra pregunta:

—¿Te gusta tu trabajo?

—A decir verdad, no. No es lo que esperaba. Pensé que me querías por mi especialidad, que es apagar el fuego del escándalo.

—¿Y cómo te metiste en eso?

Ella dudó. En general, procuraba no dar información sobre su vida privada; pero, si quería conocer los secretos de Kedah, tenía que revelarle alguno de los suyos.

Además, el príncipe era una compañía excelente, una compañía verdaderamente fantástica. Y, aunque estuviera descontenta con su trabajo, no podía negar que disfrutaba mucho con sus conversaciones.

—Mi padre tenía un trabajo importante, pero siempre estaba metido en algún lío de faldas. Amantes, prostitutas, de todo —le explicó—. Mi madre y yo tuvimos que aprender a comportarnos en público para no decir más de lo necesario. Aprendimos a sonreír, a reaccionar de forma adecuada, a tratar con la prensa... y ahora me pagan por enseñárselo a otros.

—¿Tu madre siguió con él? ¿O se divorció?

—Se divorció. Pero no fue ella quien puso fin a su relación, sino mi padre —dijo Felicia—. Mientras ella hacía lo posible por apoyarlo, él se enamoró de su amante de entonces. Fue un divorcio largo y desagra-

dable, que acabó en los tribunales. Mi madre no tenía
dinero, así que perdió la casa. Por supuesto, yo me
quedé sin mi colegio de pago y, cuando mis amigos
descubrieron que era pobre, dejaron de ser amigos
míos.

—Debió de ser difícil para ti.

—Lo fue. A los dieciséis años, me tuve que buscar
un trabajo para ayudar a mi madre.

—Y, sin embargo, te convertiste en una de las profesionales más respetadas de tu sector. ¿Cómo lo
conseguiste?

—Por mi primer jefe. Solo nos veíamos cuando
coincidíamos en alguna reunión... Hasta que estalló
un escándalo y su departamento de relaciones públicas le falló. Entonces, llamé a su puerta y dije que yo
lo podía arreglar.

—¿Cuántos años tenías?

—Diecinueve.

—¿Y te creyó?

—No tenía más remedio. Estaba con el agua al
cuello —contestó ella—. Hablé con la prensa y me reí
de las conclusiones a las que habían llegado. Me limité a hacer lo que había aprendido de niña con mi
padre.

—¿Y cómo está tu madre ahora?

Felicia se encogió de hombros y guardó silencio.
Kedah comprendió que no quería hablar de ella, así
que volvió a la conversación del trabajo, aunque se
quedó con ganas de saber más.

Cuando terminaron de comer, salieron del restaurante y se dirigieron a su vehículo.

—Tendrías que ponerte unos zapatos más adecua-
dos —le recordó él.

–Pues cómprame unos.

Felicia lo dijo con humor, pero le salió forzado porque aún estaba pensando en su madre. Y poco después, llegaron a una isla artificial, donde Kedah le habló del hotel que pensaba construir allí.

–Bueno, ¿qué te parece?

A Kedah no le solía importar la opinión de los demás, y mucho menos cuando se trataba de sus hoteles. Pero la opinión de Felicia le interesaba siempre.

–Que será muy parecido al otro –contestó.

Él sonrió, aunque le pareció un comentario bastante ofensivo.

–Por eso digo que son hermanos.

–¿Y no podrían ser simples familiares? –replicó ella–. ¿O un hermano y una hermana?

Kedah lo pensó unos segundos, y llegó a la conclusión de que era una buena idea. El paisaje urbanístico de Dubái no podía ser más vanguardista; había de todo, desde rascacielos tan sobrios como rectos a torres doradas de curvas femeninas. Quizá había llegado el momento de hacer algo distinto.

–¿Ves aquel edificio? –preguntó, señalándoselo–. Fue mi primer diseño. Lo hice en colaboración con Hussain.

–Pues es definitivamente masculino.

–Sí que lo es –dijo Kedah con una sonrisa–. Pero, en realidad, no fue mi primer diseño, sino el segundo. El anterior me lo vetaron. Se iba a construir en mi país.

–¿Era como ese?

–No, en absoluto. Su estilo no habría encajado en Dubái. Tenía un mural y... –Kedah sacudió la cabeza y volvió a hablar del edificio que estaban viendo–. Hussain es compatriota mío y, como ya sabes, estudió Arquitectura con mi padre. Pero él también tiene las manos atadas.

–¿En qué sentido?

–En un montón de sentidos. La normativa de Zazinia es muy estricta. Por ejemplo, las ventanas de los edificios no pueden dar al palacio real, y ninguna construcción puede ser tan alta como el palacio.

–Bueno, seguro que encuentras la forma de salirte con la tuya. Eres mejor que ellos.

Kedah tuvo la sensación de que las barreras que protegían su corazón se habían derrumbado de repente. Felicia era la primera persona que apoyaba sus puntos de vista sin reservas. Hasta Hussain, quien gozaba de toda su confianza, le decía a menudo que sus sueños eran demasiado ambiciosos para Zazinia. Pero ella creía en él.

–Es complicado, Felicia.

–La vida siempre lo es.

–Será mejor que nos vayamos.

Kedah la tomó del brazo y la llevó hacia el coche.

–¿A qué hora has quedado con el aparejador?

–A las dos –contestó él, con una voz repentinamente brusca–. Pero, pensándolo bien, no es necesario que me acompañes. Vuelve al hotel y disfruta un poco de sus instalaciones.

Felicia frunció el ceño.

–¿Me estás dando la tarde libre? ¿Por qué?

–Porque, lo creas o no, puedo ser un buen jefe.

–Nunca he dicho lo contrario.

Felicia le dio un codazo cariñoso. Solo fue eso, un coqueteo inocente. Pero ella no tenía ese tipo de gestos con nadie, y tampoco él. Eran demasiado familiares, y su relación estaba lejos de ser familiar.

Sin embargo, ardía en deseos de que lo fuera.

Súbitamente, Kedah se detuvo y le apartó un mechón de pelo de la cara. El chófer del coche estaba al otro lado de la desierta isla artificial, hablando por teléfono, y el cálido viento los acariciaba a los dos.

–¿Puedo hacerte una pregunta, Felicia?

–Por supuesto.

–¿Coqueteas con todos tus clientes?

–Yo no coqueteo con nadie.

–Me temo que sí.

Felicia no dijo nada.

–El hecho de que no parpadees de forma exagerada ni te eches el pelo hacia atrás no significa que no coquetees. Solo significa que no usas las tácticas habituales –continuó él–. Y quiero saber si lo haces con todos tus clientes.

–Lo dices como si fuera una libertina.

–No tenía intención de ofenderte. Es simple curiosidad. ¿Qué haces aquí? ¿Por qué sigues conmigo? Es evidente que tu trabajo te disgusta.

Ella suspiró.

–Estoy cansada de juegos, Kedah. Llevo ocho semanas contigo, y aún no confías en mí lo suficiente como para decirme la verdad.

–Está bien, te diré lo que quieres saber. El Consejo de Regencia se va a reunir dentro de poco, y va a ser una reunión bastante turbulenta. Hay quien quiere que deje de ser el príncipe heredero de mi país.

–Lo sé –dijo Felicia–. Pero ¿qué puedo hacer yo?

–Necesito a una persona que conozca los entresijos del poder. Una persona que, cuando todo estalle...

–¿Cuanto todo estalle?

–Creo que mi hermano tiene el apoyo de los ancianos del Consejo. Y, por si eso fuera poco, creo que mi padre también lo apoya –respondió él–. Llegado el caso, no tendré más remedio que someter el asunto a la opinión del pueblo, lo cual levantará ampollas y una gran cantidad de publicidad negativa.

–Ah, ya lo entiendo. Quieres que convenza a la población de que, por mucho que tengas fama de ser un rebelde, no...

–Felicia –la interrumpió–. Mi pueblo me adora.

–¿A pesar de tus defectos?

–No, en absoluto –Kedah volvió a sacudir la cabeza–. Su amor no es tan incondicional. Me adoran por lo que yo defiendo, por lo que puedo hacer por ellos.

–Ah.

Kedah no le había dicho toda la verdad. Había estado a punto de decírsela en el restaurante, cuando Felicia le habló de su padre y de lo que había pasado tras el divorcio; pero se había acostumbrado a guardar secretos, y no se sentía capaz de dar ese paso.

–Pasaré mucho tiempo en mi país. Tú te encargarás de mi imperio y responderás a las muchas preguntas que van a surgir.

–¿Eso es todo? ¿Solo me quieres para que te quite de encima a la prensa? No te creo.

Kedah pensó que Felicia estaba equivocada. Efectivamente, solo la había contratado para que se ocupara de la prensa mientras él solucionaba el problema que tenía en su país. Si Mohammed y el Consejo ponían en duda que fuera hijo del rey, las cosas se iban a poner muy feas. Ese era el verdadero problema, un problema que no le había contado a nadie.

Pero Felicia le estaba haciendo dudar. Se había ganado su respeto y su afecto, y le gustaba tanto que había considerado la posibilidad de decírselo.

Era una verdadera locura. Se suponía que se iba a casar pronto. Y, a pesar de ello, cada minuto que pasaba los acercaba un poco más al deseo, a la piel, al sexo. Felicia intentaba fingir que no pasaba nada, pero pasaba. Si no se andaban con cuidado, acabarían siendo amantes.

—Tienes unos ojos muy particulares, Felicia. En el restaurante, estaban de color turquesa y ahora, son de color verde oscuro.

Ella lo miró con asombro, sin decir nada.

—Se han ensombrecido —prosiguió él—. ¿Y sabes por qué? Porque estás coqueteando conmigo. Porque me están invitando.

—Puede que sea una respuesta inconsciente a tu coqueteo.

—No, es mucho más que una respuesta.

Kedah no quería mezclar los negocios con el placer; sobre todo, teniendo en cuenta que se avecinaban tiempos difíciles. Pero sentía lo que sentía y, como nunca se andaba por las ramas, añadió:

—Te deseo.

Ella tuvo la sensación de que su ropa se había desintegrado de repente, dejándola completamente desnuda.

—Será mejor que te marches, Felicia. Porque, si sigues aquí, cancelaré mi cita con el aparejador y te llevaré a mi suite.

—Pareces estar muy seguro de que yo también te deseo —dijo ella, intentando negar lo evidente.

Él sonrió con arrogancia.

–Lo estoy, pero no te preocupes por eso. Te necesito más en el trabajo que en mi cama –mintió–. Además, no quiero lágrimas a la mañana siguiente. No quiero estropear nuestra relación profesional por culpa del deseo. Será mejor que vuelvas al hotel y reflexiones sobre tus sentimientos. Si no nos separamos ahora, te sentirás arrastrada a algo de lo que quizá te arrepientas después.

–Sí, puede que sea mejor.

–Lo es.

–Además, esta noche has quedado con una mujer –le recordó–. Creo recordar que pasará a buscarte a las diez.

–En ese caso, tienes varias horas para decidirte –observó Kedah–. Piénsalo y, si decides estar conmigo, cancelaré la cita.

Felicia se había imaginado muchas veces ese momento. Se había visto en su cama, haciendo el amor con él. Pero Kedah se lo había propuesto de un modo tan poco caballeroso que sacudió la cabeza y dijo:

–No necesito varias horas para tomar una decisión. Que te diviertas con ella. Yo pienso disfrutar de mi noche libre.

–Pues disfruta.


Felicia no disfrutó nada.

Ni su baño en la piscina ni el largo y maravilloso masaje que le dieron después despejaron su atribulada cabeza.

Cenó sola, y se sintió sola.

Pero a pesar de ello, se obligó a comer.

Y a las diez en punto de la noche, salió de la suite y se dirigió a la de su jefe, que ya se había ido.

Obviamente, el príncipe no esperaba a nadie.

Mientras la doncella preparaba la cama de Kedah, Felicia llamó al mayordomo y le pidió que la ayudara a hacer el equipaje, para que lo tuviera preparado a la mañana siguiente. Se sentía orgullosa de haberse resistido a la tentación y haber tomado la decisión de quedarse en el hotel, pero también se arrepentía. Aquel hombre magnífico le había dado la oportunidad de ser su amante, y ella la había rechazado.

¿La volvería a tener?

Tras poner el despertador a las cuatro, regresó a su suite. Y al abrir la puerta, vio algo que le hizo sonreír.

Su almohada estaba cubierta de chocolatinas.

Montones de chocolatinas, perfectamente colocadas y envueltas.

Sin embargo, esa no fue la única sorpresa de la noche. Cuando fue al cuarto de baño, se encontró ante una explosión de color.

No, definitivamente, Kedah no era un hombre aburrido. Y hasta las toallas podían ser sexy, como pensó mientras se daba una ducha.

Al salir, tuvo que elegir entre toda la gama de colores. Había rojos, naranjas y morados intensos. Pero los desestimó y alcanzó una de color verde oscuro, el color de sus ojos. Por lo visto, Kedah se había tomado muchas molestias.

Envuelta en la toalla, salió del cuarto de baño y se dirigió a la cama para probar una de las chocolatinas. Su mente seguía dando vueltas a lo que podría haber ocurrido si hubiera aceptado la oferta del príncipe.

¿Se habría conformado con ser su amante? Ni siquiera estaba segura de eso, porque Kedah le estaba robando lentamente el corazón.

Tomó una chocolatina, le quitó el envoltorio y se la metió en la boca, sin dejar de pensar en él.

Y entonces, mientras saboreaba el denso y dulce sabor del chocolate negro, vio una nota en la mesita de noche.

Era de Kedah, y decía así: *Piénsatelo*.

# Capítulo 4

DÓNDE se habría metido?

El cielo aún oscuro de Dubái no dio a Felicia la respuesta que buscaba. Faltaba un rato para el amanecer, y las luces de los yates estaban encendidas. ¿Habría ido a alguna de las fiestas que se celebraban todas las noches en las lujosas embarcaciones del puerto?

El mayordomo acababa de llamar para informarle de que el príncipe no se había levantado al oír el despertador. Felicia le había pedido que entrara en su habitación para asegurarse de que estaba allí, pero el hombre respondió que no podía entrar porque habían puesto el cartel de *No molesten*.

Extrañada, alcanzó el teléfono móvil y lo llamó, sin éxito. Luego, habló con los empleados del turno de noche y descubrió que Kedah había regresado al hotel poco después de las doce y que se había vuelto a ir hacia las dos de la madrugada.

¿Qué le habría pasado? Era un hombre puntual, que no se retrasaba nunca.

Entró en el cuarto de baño y se miró al espejo. Llevaba un vestido de color azul, y sabía que tendría que cambiarse de ropa antes de llegar a Zazinia, porque sus gobernantes eran muy estrictos con la indumentaria de las mujeres; pero decidió cambiarse más tarde, cuando estuviera en el avión. Y decidió lo mismo en lo tocante al maquillaje, aunque había dormido poco y parecía cansada.

Sencillamente, no estaba de humor para esas cosas. ¿A qué estaba jugando Kedah? Le dejaba chocolatinas en la almohada, cambiaba el color de las toallas y le pedía que reconsiderara su decisión de no ser su amante, pero luego se iba y pasaba toda la noche con otra. Sin embargo, no estaba enfadada con él, sino con ella misma, por haber estado a punto de sucumbir.

Por suerte, su estancia en Zazinia sería breve. Pronto volverían a Londres, donde podría mantener las distancias con mayor facilidad.

Segundos después, llamaron a la puerta. Era el botones, que iba a recoger sus maletas.

—¿Ya han bajado el equipaje del príncipe? —preguntó ella.

—Todavía no. No podemos entrar mientras siga puesto el cartel de *No molesten*.

—¿Aunque no esté en su habitación?

—Aunque no esté.

Felicia respiró hondo y salió de la suite; pero, en lugar de bajar al vestíbulo, cambió de dirección y entró en la suite de Kedah, donde la recibió el preocupado mayordomo.

—Lo siento, pero no podemos entrar mientras...:

—Sí, sí, ya lo sé —lo interrumpió ella—. Afortunadamente, yo sí puedo.

Felicia cruzó el salón y se detuvo ante las puertas dobles del dormitorio. El mayordomo sacudió la cabeza, como queriendo decir que no le parecía bien que entrara sin permiso del príncipe.

–Puede que esté enfermo –se justificó ella.

Insegura, decidió llamar a la puerta de todas formas.

–¡Kedah! ¿Dónde estás? ¡Tenemos que ir al aeropuerto!

No hubo respuesta, y Felicia abrió la puerta a pesar de su incomodidad, porque tenía miedo de encontrarlo entre los brazos de alguna mujer.

Al ver que no había nadie, se sintió inmensamente aliviada. La cama estaba revuelta, como si hubiera dormido allí. Y debía de haberse marchado poco antes, porque el aroma de su colonia seguía en el ambiente.

¿Se habría ido ya? ¿Sin avisarla?

Felicia informó al mayordomo y, a continuación, se dirigió al vestidor, recogió las escasas pertenencias de Kedah, las metió en una maleta y se la dio al botones para que la llevara al vestíbulo. Para entonces, el chófer ya había sacado el coche y, como de costumbre, estaba hablando por teléfono.

Al cabo de unos segundos, se acercó el portero del hotel. Felicia temió que quisiera darle conversación; pero, en lugar de eso, le dio un café en un vasito para llevar y se fue después de que ella le diera las gracias.

El sol empezó a salir en ese instante y, justo entonces, como si el alba lo hubiera conjurado, Kedah apareció de repente y caminó hacia ella con toda la tranquilidad del mundo. Viéndolo, nadie se habría imaginado que un rey lo estaba esperando, que un país entero lo estaba esperando y que hasta su avión lo estaba esperando.

–Buenos días –dijo él con una sonrisa.

–Llegas tarde.

–¿Y qué? –Kedah clavó la mirada en el café de Felicia–. ¿Puedo?

Felicia le dio el café, y él se lo terminó de un trago, pero con cara de asco.

–Está demasiado dulce –protestó.

–Lo cual no ha impedido que te lo tomes –ironizó ella–. En fin, ¿nos vamos?

–Eso depende. ¿Has preparado mi equipaje?

–Sí, fui a tu suite hace un rato. El mayordomo no quería entrar porque tenía miedo de interrumpir algo.

–No había nada que interrumpir. De hecho, hace tiempo que no hay nada.

–No te creo.

–Cree lo que quieras, pero es verdad. Las mujeres con las que he salido últimamente no me parecen interesantes –dijo–. ¿Recibiste las chocolatinas?

–Sabes que sí.

–¿Y te gustaron las toallas?

–Kedah...

–Oh, discúlpame. Había olvidado que esos temas de conversación te aburren.

Ella no dijo nada.

–¿Viste mi nota?

–Sí.

–¿Y te lo has pensado?

Kedah notó que estaba más tensa que de costumbre, y que sus ojeras también eran más oscuras. Dos detalles que contestaban claramente a su pregunta.

–Sí, ya veo que te lo has pensado –añadió.

Felicia no lo negó, aunque volvió a guardar silencio. Cuando se conocieron, se juró a sí misma que nunca se acostaría con él; pero ya no estaba tan segura. E incluso entonces, no habría podido negar que lo deseaba.

–Voy a asearme un poco. Vuelvo enseguida.

Kedah se fue y, mientras ella esperaba, el chófer le dio conversación. Pero, al cabo de unos minutos, se mostró preocupado por la posibilidad de que el rey se enfadara.

–¿Sabe si Su Alteza tardará mucho? A su padre no le gusta que le hagan esperar. He hablado con el piloto, y me ha dicho que cambiará el plan de vuelo para llegar antes, pero hemos perdido mucho tiempo.

Ella asintió.

–Iré a buscarlo.

Felicia regresó al interior del hotel y subió a la suite del príncipe. En general, llamaba antes de entrar; pero tenían prisa, así que pasó directamente.

Kedah, que estaba vaciando su caja fuerte, se giró hacia ella y dijo:

–Habías olvidado mi diamante.

–Lo siento.

–Tienes que estar más atenta.

–Cuando nos conocimos, te dije que no sería una buena ayudante.

–Sí, es verdad. Lo dijiste.

Kedah se guardó el diamante y cerró la caja fuerte.

–Será mejor que te des prisa.

Él la miró a los ojos y arqueó una ceja.

–¿Y por qué tengo que darme prisa?

–Porque te están esperando en palacio –contestó ella–. Tu padre se enfadará si llegas demasiado tarde.

–Dicho así...

Kedah cruzó la habitación y se detuvo ante Felicia, quien admiró sus labios mientras se preguntaba a qué sabrían.

−¿Has tomado una decisión sobre nuestro pequeño problema? −preguntó él.

−Sí −dijo ella, pensando que no tenía sentido que lo negara.

−Me alegro. Pero recuerda que aún tenemos que trabajar juntos...

−Lo sé. Y no podemos ir más lejos sin establecer unas cuantas normas.

Kedah sonrió.

−Ahora no tenemos tiempo. Hablaremos en el avión.

En lugar de dirigirse a la puerta, Felicia clavó la vista en los labios del príncipe. Solo estaban a media hora del aeropuerto, pero le pareció una eternidad. Tenían que aclarar las cosas, y tenían que hacerlo cuanto antes.

Sin embargo, Kedah se tomó su gesto como una invitación y, tras quitarle el bolso y dejarlo en una mesita, bajó la cabeza con intención de besarla.

−Tenemos que hablar −insistió ella.

−No. Probemos primero y hablemos después.

Felicia, que ya estaba excitada, fue incapaz de resistirse. Sus bocas se encontraron con toda la pasión que habían acumulado en ocho semanas de espera, aunque lenta y tentativamente al principio.

−Esto es lo que quería hacer cuando te vi por primera vez −susurró Kedah, apartándose un momento.

−Y esto es lo que quería hacer yo.

Felicia asaltó su boca sin contemplaciones, apretando el cuerpo contra él. A Kedah le encantó y, tras cerrar una mano sobre sus nalgas, le puso la otra en la nuca para poder besarla con más facilidad.

Durante los segundos siguientes, ella deseó que él
le empezara a quitar la ropa, porque tenía la esperanza de que ese acto despertara sus temores y le
devolviera el sentido común. Pero lo deseaba demasiado; lo deseaba tanto que se frotó contra su evidente erección y le desabrochó los botones de la camisa, dejando a la vista su imponente pecho.

Kedah, que ya estaba maravillado con su falta de
timidez, se dejó hacer cuando Felicia jugueteó con
sus pequeños pezones, bajó las manos por su estómago y le acarició la entrepierna.

Y, entonces, sonó el teléfono.

—Será el chófer, para decirme que te des prisa
—declaró ella.

—Pues acaba pronto —replicó él.

Kedah cerró una mano sobre la de Felicia y la
instó a seguir acariciando su largo y duro miembro.
Pero la llamada del chófer había roto la magia.

—No tenemos tiempo para juegos, Kedah.

—¿Juegos? —dijo él, sonriendo.

—Sí, ya sabes...

—Está bien claro, Felicia. No hace falta que lo ex-
pliques.

—Me alegra que lo tengas tan claro. Pero, de todas
formas, tenemos que hablar —Felicia se alejó y alcanzó su bolso—. Esto no consiste solo en tus necesidades. Yo tengo las mías, y también tengo mis condiciones.

Kedah no tuvo ocasión de decir nada, porque Felicia abrió la puerta y añadió, antes de marcharse:

—Date prisa. Te espero abajo.

# Capítulo 5

**P**ARA Kedah, Felicia era una complicación que no necesitaba. Para Felicia, Kedah era una complicación que no quería.

Pero se deseaban.

Y, cuando el príncipe sentó su metro noventa de altura en el reactor privado, ella se dio cuenta de que la piel no le picaba porque tuviera una reacción alérgica, sino porque ardía en deseos de acostarse con él. Algo que no se curaba con antihistamínicos.

El avión despegó rápidamente, y poco después apareció la azafata.

—¿Les apetece algo, Alteza?

—Té, por favor.

La azafata les sirvió un dulce y refrescante té frío. Pero la bebida no calmó a Kedah, quien sacó el diamante que siempre llevaba encima y se puso a juguetear con él.

—¿Estás preocupado por algo?

—Te dije que nunca me preocupo, y es verdad —respondió muy serio.

Kedah sacó entonces una carpeta llena de diseños, que se puso a mirar. Eran edificios, puentes y carreteras, todas las obras que había imaginado para su país; todas las que le habían rechazado sistemáticamente, porque siempre se las rechazaban.

Ese era el motivo de que se mantuviera lejos de Zazinia. No le dejaban cambiar nada. Y al cabo de un rato, cerró la carpeta y se puso a trabajar en un proyecto que tendría mejor fin: el tren monorraíl que iba a unir sus hoteles de Dubái.

Mientras trabajaba, pensó que Felicia le había hecho un favor al referirse al sexo de los edificios que construía. A fin de cuentas, no tenía sentido que uniera dos hoteles básicamente iguales. Era mejor que fueran distintos. Un hermano y una hermana. Uno para negocios y otro, para actividades recreativas.

Sin embargo, la idea de Felicia lo desconcentró. Aquella mujer estaba invadiendo su espacio; había empezado a influir hasta en sus diseños, así que dejó el asunto para otro momento, abrió el correo electrónico y le envió un mensaje con un documento adjunto para que se lo mandara a Hussain. Pero estaba tan alterado que se equivocó de documento, lo cual lo obligó a dirigirle la palabra.

—Borra mi último mensaje —dijo—. Era para Hussain. La información que quiero que reciba es la que te enviaré ahora.

Ella asintió, y él la miró de arriba abajo. Llevaba un vestido bastante recatado, pero inadmisible para Zazinia.

—¿Felicia?

—¿Sí?

—¿Te mencioné lo de la ropa de las mujeres? Mi país es muy estricto en ese aspecto.

—No te preocupes. Me cambiaré antes de que aterricemos.

Kedah se levantó de su asiento y dijo que iba a descansar un rato; pero, cuando llegó a la puerta de la habitación, la miró de nuevo.

–Faltan tres horas para que lleguemos a Zazinia. ¿Serían suficientes para tus necesidades? –preguntó.

Felicia no le hizo caso. Sacó un libro del bolso y se puso a leer o, más bien, a fingir que leía. Sabía que, si entraba en la habitación y se acostaba con él, no podría volver atrás. Sabía que, por mucho que intentara convencerse de lo contrario, desataría fuerzas que no podría controlar. Pero lo deseaba. Y al final, el deseo ganó la partida.

No se molestó ni en llamar a la puerta. Entró sin avisar, y lo encontró desnudo bajo una sábana blanca que solo cubría la mitad inferior de su cuerpo.

Felicia admiró su pecho y siguió la línea del vello que desaparecía bajo la tela, excitada.

–Desnúdate –dijo él con impaciencia.

–No, aún no. Antes, tenemos que aclarar una cosa.

–¿Qué cosa?

–Mientras estemos juntos, no te acostarás con nadie más.

–Eso no será un problema. Solo me interesas tú –afirmó Kedah–. Pero ya sabes que tengo que casarme.

–Sí, ya lo sé.

–Solo será una aventura, Felicia...

Ella asintió en silencio. No estaba buscando nada más. Aunque le preocupaba la posibilidad de que fuera una aventura larga, porque tenía miedo de acostumbrarse a él y de que le partiera el corazón.

En cualquier caso, sus preocupaciones no pesaban tanto en ese momento como el deseo de que se levantara de la cama, la besara y la desnudara con la pericia que demostraba en todas las cosas. Pero Kedah no se levantó. Se quedó tumbado y dijo:

–Quítate los zapatos.

Ella se los quitó.

–Y ahora, desabróchate los botones de...

–No necesito que me des instrucciones –lo interrumpió, tensa–. Sé desnudarme.

–Desabróchatelos.

Felicia se empezó a desabrochar los botones del vestido, paradójicamente encantada con el tono de Kedah. Era el mismo tono que había usado el día en que se conocieron, cuando le ordenó que se volviera a sentar. Y tuvo el mismo efecto abrumador, pero mucho más potente.

–Quítatelo por encima de la cabeza.

–Así no saldrá.

Ella se bajó las mangas del vestido y lo dejó caer al suelo.

–Bonito sujetador –dijo él–. Quítatelo.

–No, quítamelo tú.

Él se levantó de la cama, y ella respiró hondo al ver su duro sexo.

–Date la vuelta, Felicia.

Ella se resistió, pero solo porque ansiaba sentir el contacto de sus manos, un contacto que él se negó a dar.

–Date la vuelta –insistió, y esa vez se salió con la suya–. Y ahora, quítate el sujetador.

–Tú sabes quitarlo.

–Ya me has molestado bastante. No sigas por ese camino.

–¿A qué te refieres?

–A lo que dijiste sobre tus necesidades y las mías

cuando estábamos en el hotel. Insinuaste que yo te iba a dejar insatisfecha.

Felicia giró levemente la cabeza, y vio que Kedah sonreía. Pero no era una sonrisa como las que le había dedicado tantas veces, cuando se veían por la mañana o se encontraban en un restaurante; estaba tan cargada de pasión como su mirada, y aunque el mundo se hubiera acabado en ese momento, se habría sentido igualmente feliz.

Cansada de juegos, se dio la vuelta, le pasó los brazos alrededor del cuello y lo besó. Él le devolvió el beso y, entre tanto, le desabrochó el sujetador y acarició sus senos desnudos con movimientos exquisitos, alternados con pequeños pellizcos que la hicieron estremecerse de placer.

Felicia estaba deseando hacer el amor. No quería otra cosa que tumbarse en la cama y regocijarse en las delicias que prometía aquel cuerpo potente y musculoso. Pero, cuando su espalda notó el contacto del colchón, Kedah se quedó de pie.

–Será mejor que te quitemos eso –dijo, señalando sus braguitas.

Ella alzó las caderas para facilitarle el trabajo, y él se las quitó como si estuviera abriendo un preciado regalo.

Ahora estaba completamente desnuda, y se acercaba el momento de la verdad.

–Boca abajo –ordenó él.

Ella obedeció una vez más y se quedó esperando, apoyada en los codos. Él se arrodilló entre sus piernas, se inclinó hacia delante y le lamió la parte inferior de la espalda.

–Oh, Kedah...

Su cálida lengua la empezó a volver loca de placer. Era un asalto en toda regla a sus sentidos; sobre todo, porque le había separado las piernas mientras lamía y le había metido dos dedos en la vagina, que ahora movía lentamente.

Felicia gimió sin poder evitarlo, pero él le robó el placer para tumbarla de espaldas. Tenía intención de tomarla de inmediato, sin más juegos previos. Incluso llegó a extender una mano hacia la mesilla, buscando un preservativo. Y ella supo que había cambiado de opinión. Y supo lo que iba a hacer.

Sin embargo, Kedah no la devoró con ansiedad. Lamió su sexo con la punta de la lengua y se lo tomó con toda la calma del mundo, disfrutando de los jadeos de Felicia, de sus movimientos compulsivos, de su desesperada excitación.

Nunca se había divertido tanto con una mujer. Nunca le había gustado tanto ninguna otra. Ni ella había sentido tanto placer en toda su vida.

Kedah notó que su tensión aumentaba, y soltó un suspiro triunfante cuando le arrancó el orgasmo. Pero aquello estaba lejos de terminar. Ni él había obtenido la satisfacción que necesitaba ni Felicia estaba saciada por completo, por sorprendente que le pareciera a ella misma. ¿Qué le estaba pasando? Su mente no se creía capaz de seguir tan pronto, pero su cuerpo quería más, mucho más.

Kedah intentó alcanzar un preservativo, dispuesto a penetrarla. Ella miró los envoltorios de la mesilla y decidió que no podía esperar más.

—Estoy tomando la píldora —dijo.

En otras circunstancias, ninguno de los dos se habría arriesgado a hacer el amor sin preservativo;

pero ninguno de los dos quería romper la magia del momento, de modo que se dejaron llevar.

Kedah entró en ella con delicadeza, mirándola a los ojos. Felicia pensó que no podía haber nada más sexy que estar así, unidos por el cuerpo y por la vista. Y durante unos momentos, no hicieron otra cosa que mirarse.

Luego, él se empezó a mover con tal destreza que Felicia adoptó una actitud pasiva, impropia de ella, limitándose a recibir placer. El contacto de su piel y la recompensa de sus besos eran la guinda perfecta para un momento difícilmente superable. Pero quiso pagar su pasión con pasión, y se puso a horcajadas sobre él.

Felicia se empezó a mover con urgencia, sin comedimiento alguno, mientras Kedah llevaba las manos a sus pechos y jugueteaba con sus pezones. Cada vez estaba más cerca del clímax, y él supo que ya no se podía detener cuando ella se inclinó y lamió su piel salada, destrozando su concentración.

En el silencio posterior al orgasmo, Felicia se dio cuenta de que jamás había sido tan feliz. Se quedaron pegados, mirándose a los ojos. Los dos sonreían, porque había sido mucho mejor de lo que esperaban. Y aunque ella ardía en deseos de seguir explorando su cuerpo, se conformó con aquel instante de belleza absoluta.

Después, se volvieron a besar.

Y volvieron a hacer el amor.

# Capítulo 6

**K**EDAH se sentía completamente satisfecho, y veía las cosas con más claridad que nunca. Pero la mente de Felicia, que había apoyado la cabeza en su pecho y estaba escuchando los latidos de su corazón, no estaba tan libre de preocupaciones.

¿Qué le pasaba? Se había convencido de que, cuando se acostara con él, se liberaría de la atracción que la estaba volviendo loca. Y, en lugar de eso, lo deseaba más.

–¿Te puedo hacer una pregunta? –dijo ella.

–Eso depende.

–¿Quieres ser rey?

–Por supuesto –contestó Kedah, acariciándole un brazo–. Me educaron para serlo.

–¿Y por qué no vives en Zazinia?

–Porque rechazan mis planes todo el tiempo, y me niego a ser un príncipe impotente.

–Tú no tienes ningún problema de impotencia –bromeó ella.

–Lo digo en serio, Felicia. En determinado momento, me di cuenta de que ni mi padre ni el rey anterior me iban a dar ninguna posibilidad, así que me fui. La arquitectura es mi vida. Me encanta diseñar edificios –le confesó–. El diamante que siempre llevo encima es un recordatorio del primer hotel que construí.

Lo compré con el dinero que me pagaron... Pero mi padre no soporta que me gane la vida por mi cuenta.

—¿Por qué?

—Porque no me puede controlar —declaró Kedah—. Pero, a pesar de todo, quiero ser útil a los ciudadanos de mi país.

—¿Y crees que ahora puedes serlo?

—Podría, si no fuera porque mi padre presta más oídos a Mohammed y a los ancianos del Consejo que a mí.

—Bueno, conociéndote como te conozco, sospecho que al final te saldrás con la tuya. Eres capaz de convencer a cualquiera. Y, por otra parte, tu pueblo te ama.

—Lo sé.

—¿Qué pasará en la reunión del Consejo?

—Que Mohammed y yo expondremos nuestras reivindicaciones y mi padre tomará una decisión después de escucharlas.

—¿Y qué harás si nombra príncipe heredero a Mohammed? ¿Hablas en serio al decir que exigirías una votación popular?

—Claro que sí.

—¿Crees que la gente te votaría a ti?

—Eso creo.

—Entonces, no hay problema.

—No, ningún problema.

Kedah lo dijo con toda la tranquilidad del mundo, pero Felicia no se dejó engañar.

—Si eso es cierto, ¿por qué te empeñas en ganar tantos millones con los hoteles? Cualquiera diría que lo haces por si acaso.

Él guardó silencio.

–¿Mohammed tiene algún arma que pueda usar contra ti?

–¿Cómo quieres que te lo diga, Felicia? No me arrepiento de mi pasado.

–Luego la tiene –dedujo ella–. No lo niegues. Tengo olfato para los escándalos, y los huelo a distancia.

Kedah suspiró.

–Está bien, te lo contaré. Pero tienes que prometerme que el secreto quedará entre nosotros.

–Te lo prometo –dijo ella con una sonrisa–. ¿De qué se trata? ¿Dejaste embarazada a una ramera?

–¿Cómo? –preguntó él, antes de soltar una carcajada–. ¿De dónde te sacas esas ideas?

Felicia se apartó de él, se apoyó en un codo y lo miró.

–¿De qué se trata entonces?

–Olvídalo...

–Te acabo de prometer que no se lo diré a nadie.

–Y yo te lo agradezco mucho, pero nos hemos quedado sin tiempo. No sé si te has dado cuenta, pero ese pitido que ha empezado a sonar es una señal del piloto. Estamos a punto de aterrizar –declaró Kedah.

Ella se quedó momentáneamente perpleja. Con todo lo que había pasado, se había olvidado de que estaban en un avión.

–¿No podríamos llegar tarde?

–Ya llegamos tarde, Felicia –respondió él–. Será mejor que te vistas. Iré a buscar tu ropa.

–¿No puedes esperar hasta que esté en la ducha?

Él sonrió porque su repentina timidez le parecía divertida, pero hizo lo que le pidió y esperó hasta que entró en el cuarto de baño, momento en el cual llamó a la azafata para que le llevara el equipaje de Felicia.

Ella se aseó rápidamente, se lavó el pelo y se lo secó. Kedah, que estaba tumbado en la cama, se levantó al verla y se fue a duchar. Felicia abrió entonces la maleta y sacó un vestido de manga larga y cuello alto, con una fila de botones con bordados. Lo había comprado durante uno de sus viajes anteriores, y estaba deseando estrenarlo.

Kedah salió del baño con una toalla alrededor de la cintura, y pensó que era la mujer más bella del mundo. El vestido, de color rojo apagado, ocultaba sus formas de un modo tan sutil que casi era tan sexy como uno ajustado. Además, se había dejado el pelo suelto, y el ambiente olía al perfume que llevaba el día en que la vio por primera vez.

Aquella mujer le gustaba demasiado. Había estado a punto de contarle su secreto, y aún sentía la necesidad de contárselo.

–¿Por qué no vas a desayunar? Yo voy enseguida.

Felicia asintió. Y, cuando ya se disponía a marcharse, él se acercó y la abrazó.

–Sabes que no podremos hacer nada en palacio, ¿verdad?

–Por supuesto.

–Nos iremos cuando salga de la cena. Tú estarás en las oficinas, adonde te llevarán cuando aterricemos.

–No le des tantas vueltas. No espero que bajemos del avión como dos enamorados.

–Lo sé.

Felicia volvió al salón del avión, donde le sirvieron el desayuno. Obviamente, los empleados sabían que se había acostado con su príncipe, pero eso no le incomodó. En cambio, se quedó preocupada con la posibilidad de que hablaran entre ellos y extendieran el rumor.

Tras pensarlo, decidió decírselo a Kedah.

Y entonces, lo vio.

Vio al hombre que iba a ser rey de Zazinia.

Estaba más impresionante que nunca. Llevaba una *kufiyya* negra y una túnica de color plateado, con una cimitarra al cinto que la entristeció un poco, porque simbolizaba el poder de su cargo. Ese no era el Kedah que ella conocía. Era el heredero de una Casa Real. No parecía la misma persona que había estado minutos antes entre sus brazos.

Tras sentarse, él pidió un café solo y rechazó la bollería que le ofreció la azafata.

–¿No dirán nada? –preguntó Felicia.

–¿De qué estás hablando?

–De lo que ha pasado esta noche –contestó ella–. ¿No se llegará a saber?

–Felicia, ¿por qué crees que tengo un avión privado? Mis empleados no dirán nada –afirmó–. Trabajan para mí, no para mi padre. Vadia es la única excepción.

Kedah lo dijo con una brusquedad involuntaria, nacida de sus propias inquietudes. A fin de cuentas, era la primera vez que viajaba a su país con una mujer que no fuera Anu, y la gente se iba a hacer preguntas. Sin embargo, no quería que Felicia lo supiera. Prefería ahorrarle esa preocupación.

Mientras desayunaban, Felicia contempló Zazinia por la ventanilla del avión, y comprendió mejor la frustración de Kedah. Era un lugar asombrosamente bello, que cualquiera habría extrañado.

Y, al cabo de unos momentos, vio el palacio.

Se alzaba en el punto más alto de la capital, un acantilado que daba a una playa de arenas blancas.

Y era enorme.

El avión empezó a descender, y Felicia cayó en la cuenta de que el palacio tenía su propia pista de aterrizaje, con varios reactores que llevaban las insignias de la Casa Real.

Ya en tierra, se giró hacia Kedah y preguntó:

—¿Tengo que llamarte «Alteza» a partir de ahora?

—No. Llámame por mi nombre, como siempre.

—¿Incluso en palacio?

—Basta de preguntas.

La acritud de Kedah le recordó que ya no estaban en el dormitorio, y Felicia se sintió avergonzada; pero se tragó su orgullo y lo siguió hasta la pista, donde Vadia los estaba esperando.

Hacía mucho calor, y el viento del desierto azotaba sus mejillas con fuerza, aunque eso le molestó menos que su súbita pérdida de categoría. Vadia, con quien había hablado varias veces por teléfono, no se molestó ni en saludarla; y Kedah, con quien acababa de hacer el amor, no le dirigió ni una simple mirada hasta que llegaron a la entrada de palacio, cuando le hizo un gesto para indicarle que debían esperar allí.

—¡Kedah!

La mujer que apareció entonces no podía ser otra que Rina, su madre. Llevaba una túnica de color rojo intenso y, mientras abrazaba a su hijo, le preguntó:

—¿Quién te acompaña?

—Mi nueva ayudante, Felicia.

—¿Qué ha pasado con Anu?

—Nada, que ha preferido quedarse en Londres.

Dirige mis operaciones de Inglaterra, y tiene mucho trabajo.

–No sabes cuánto me alegro de verte, Kedah. Y tu padre y tu hermano se alegrarán tanto como yo –dijo–. Ha pasado mucho tiempo desde la última vez.

Kedah dudaba de que su padre y su hermano se alegraran de verlo, pero se lo calló y la siguió al interior del edificio, mientras Felicia se quedaba en la entrada.

Una vez más, Kedah se comportó como si ella no estuviera presente, y ella se sintió como si fuera menos valiosa que su equipaje. Sabía que no debía tomárselo a mal. Estaban en Zazinia, y él no tenía más remedio que seguir el protocolo. Pero no estaba preparada para que la trataran de esa forma.

Los guardias abrieron las puertas de un salón, donde estaban el padre, el hermano de Kedah y su esposa, Kumu. Tras los saludos oportunos, Rina sonrió y dijo:

–Ahora que estamos todos, Mohammed y Kumu tienen una gran noticia que daros.

El hermano de Kedah dio un paso adelante.

–Así es. El destino nos ha hecho otro regalo, y me alegra poder decir que vamos a tener otro hijo en noviembre.

–Vaya, es una noticia maravillosa –dijo Omar, que miró a Kedah con frialdad.

Durante la conversación posterior, Kedah felicitó a su hermano pequeño y se interesó por sus sobrinos. Pero, en determinado momento, Mohammed preguntó:

–¿Es verdad que vas a construir otro hotel en Dubái?

–¿Otro? –intervino Omar.

–Es posible, pero aún no lo sé –contestó Kedah–. Ni siquiera he enviado los planos a Hussain.

La mención de Hussain silenció momentáneamente a Omar. No en vano, habían estudiado juntos. Y en alguna ocasión, Hussain le había comentado a Kedah que su padre también había tenido grandes planes para su país cuando era joven.

Momentos más tarde, apareció una sirvienta y anunció que el pintor quería ver a Kedah para terminar su retrato, pero Omar sacudió la cabeza.

–Que espere –dijo el rey–. Tengo que hablar con Kedah a solas.

–Si queréis que me quede... –declaró Mohammed.

–No hace falta –dijo Kedah.

Mohammed y los demás se marcharon entonces, dejándolos a solas. Y el rey fue directamente al grano.

–El Consejo quiere que se tome una decisión sobre la línea dinástica. El nuestro es un país dividido, y hay inquietud al respecto. Algunos quieren que las cosas sigan como siempre, y tu hermano pequeño es uno de ellos. Por eso tiene el apoyo de los ancianos.

–No lo dudo, pero tu opinión es la única que importa.

–¿Y cómo quieres que te apoye, si nunca estás aquí?

–Sabes que no estoy aquí porque no me dejan hacer nada. La gente necesita más trabajo, más hospitales, más infraestructuras... pero el Consejo rechaza los cambios. Y no soporto la idea de estar de brazos cruzados, disfrutando de una vida de lujos, mientras muchos niños pasan hambre.

–Oh, vamos, las cosas no están tan mal.

El rey quiso extenderse al respecto, pero Kedah le lanzó una mirada tan cargada de rabia que decidió cambiar de estrategia.

—Ya no lo puedo retrasar más, hijo. La presión es cada vez más fuerte, y hay que tomar una decisión.

—Pues dame el poder que necesito. Volveré a Zazinia si me das permiso para hacer unos cuantos cambios. Sabes perfectamente que soy mejor que Mohammed como príncipe heredero, y que también sería mejor rey.

—¿Cómo lo voy a saber? Vives en el extranjero, Kedah —insistió Omar—. Demuestra tu devoción a nuestro país y...

—No tengo que demostrar nada —lo interrumpió Kedah—. Amo a Zazinia.

—Elige novia, vuelve a casa y sienta la cabeza. Bastaría para tranquilizar temporalmente a los ancianos.

—No necesito tranquilizar a nadie. Conozco a nuestro pueblo, y sé que me quiere a mí. Si os empeñáis en llevar el asunto al Consejo de Regencia y falla en mi contra, pediré un referéndum para que la gente pueda votar.

—¿Tienes idea del caos que eso causaría? —replicó su padre, nervioso—. ¿Por qué no te limitas a elegir novia y...?

—¿Qué demonios te ha pasado, padre? Hussain me ha dicho muchas veces que tenías grandes planes en tu juventud. ¿Dónde están tus sueños? ¿Qué ha sido de ellos?

Omar suspiró.

—Mi padre no quería que cambiara nada —dijo.

—Pero ahora eres el rey. ¿Por qué te sometes a los ancianos?

–Porque son sabios.

–Sí, unos sabios completamente estancados –puntualizó Kedah–. El rey eres tú. Tu palabra es la ley, pero has optado por no usar tu poder.

–Mira, sería más fácil que...

–¿Más fácil? –lo volvió a interrumpir–. ¿Desde cuándo eliges el camino fácil? No sé a qué presiones estarás sometido, pero te ruego que confíes en mí. Lucharemos juntos. Cambiaremos las cosas. No quiero volver a Zazinia para quedarme sentado y esperar a que fallezcas.

Kedah estaba harto de aquella situación. Siempre había sospechado que su padre se refrenaba porque quería proteger la reputación de Rina; pero, por muy buenas que fueran sus intenciones, solo había una forma de solucionar el problema: afrontarlo de una vez por todas. A no ser que él no fuera hijo de Omar, claro.

En ese momento, llamaron a la puerta. Y Kedah supo quién era porque solo había una persona que se atreviera a interrumpir al rey cuando estaba reunido con alguno de sus hijos.

–¿Qué quieres, Rina? –preguntó Omar con afecto–. Estoy hablando con Kedah.

–Lo sé, pero el pobre pintor está esperando. Y es tan viejo que tengo miedo de que se muera si le hacemos esperar más.

Omar soltó una carcajada, y hasta el propio Kedah sonrió.

–Ven conmigo, hijo. Te acompañaré.

Rina y Kedah se fueron por un corredor y, al cabo de unos instantes, ella se detuvo ante un enorme arreglo floral y alcanzó varias flores.

–Estoy encantada de tener a mis dos hijos en casa. Quédate un poco más, Kedah.

Kedah respiró hondo. Sabía que su madre no estaba informada de la tensión que había entre Mohammed y él ni sobre los terribles rumores que se habían extendido. Pero nada se podía ocultar eternamente.

–No me puedo quedar, mamá. Llevo varias semanas de viaje y, además, Felicia estará cansada de...

Kedah no terminó la frase. Nunca había permitido que un miembro de su plantilla determinara lo que podía o no podía hacer. Pero Felicia era un caso aparte. Y Rina, que siempre estaba alerta a esos detalles, se dio cuenta de lo que pasaba.

–Ten cuidado, Kedah.

–¿Cuidado? ¿Con qué?

Kedah frunció el ceño. Sabía que su madre se refería a los peligros de las aventuras amorosas, y le pareció una actitud tan hipócrita que estuvo a punto de enfrentarse a ella y exigirle que le dijera la verdad. Necesitaba saber si Omar era su verdadero padre. De lo contrario, no podría luchar contra su hermano. Pero, cuando miró sus dulces ojos de color chocolate, fue incapaz de abrir la boca.

Rina era mucho más frágil y vulnerable de lo que parecía. Si la presionaba, se hundiría de inmediato. Si la interrogaba al respecto, su relación se resentiría.

Desgraciadamente, Kedah no la podía salvar de la verdad. El enfrentamiento político en el que estaba inmerso podía obligar a Mohammed a poner en duda su ascendencia y, cuando el Consejo lo supiera, todo el mundo hablaría de ello.

–Ten cuidado con Felicia. Ten cuidado con el corazón de las jóvenes.

Kedah sacudió la cabeza. Su madre no tenía derecho a inmiscuirse en sus relaciones sexuales, y mucho menos en su relación con Felicia. Además, Felicia sabía lo que estaba haciendo. Era una mujer adulta.

–No te preocupes, mamá.

–¿Cómo quieres que no me preocupe? Es la primera vez que traes a una de tus amantes a Zazinia.

Kedah no dijo nada, pero pensó que en eso tenía razón. Quería a Felicia en su cama, y eso era imposible en palacio.

–Tienes que elegir novia –continuó Rina–. No deberías haberla traído. No es justo para nadie, empezando por ella.

–Felicia entiende perfectamente la situación. Estará bien.

Rina decidió cambiar de conversación, aunque no se quedó muy convencida.

–Quédate una temporada, Kedah. Te echo mucho de menos.

–Lo sé.

–Vuelve a casa.

Kedah estaba deseando volver, pero no podía; e intentó dar su excusa de costumbre.

–No puedo estar de brazos cruzados mientras...

–No quieres cometer el mismo error que tu padre –lo interrumpió.

Él asintió, y Rina le acarició la mejilla.

–Lo comprendo, hijo.

Kedah la miró a los ojos, dubitativo. ¿Debía preguntárselo? Solo había una forma de poner fin a los rumores e impedir una catástrofe: saber si era hijo de Omar o de otro hombre.

Pero... ¿estaba preparado para la verdad?

Tras pensarlo un segundo, se dijo que lo estaba.

—Mamá...

—¿Sí?

Rina sonrió, y esa sonrisa lo desarmó por completo.

—Nada, olvídalo.

—Ah, llévate las flores que he recogido. Dáselas a Felicia.

—¿Primero me dices que tenga cuidado con ella y ahora me pides que le lleve flores?

—Bueno, ya sabes que me gustan mucho. A veces las recojo sin más intención que sentarme junto a la mesa de Vadia mientras ella trabaja.

Kedah sacudió la cabeza.

—Discúlpame, mamá, pero me tengo que ir.

No, definitivamente, no le iba a llevar flores a Felicia.


Felicia seguía enfadada cuando Kedah pasó a recogerla. No le gustaba que la ningunearan. Odiaba la idea de caminar dos pasos detrás de él. Odiaba que su papel se redujera a ser su amante.

Pero lo intentó disimular.

—Quiero que saques fotos de esta zona de palacio mientras estoy con el pintor.

—De acuerdo.

Kedah la llevó a dar un paseo por el ala donde estaban sus habitaciones, aprovechando que tenía un rato libre. Sus empleados tenían que preparar la sala donde el pintor iba a trabajar, lo cual le daba unos minutos.

—Siempre he creído que esta parte está mal aprovechada. No sé... podría poner una piscina cubierta, o quizá un gimnasio.

Felicia le lanzó una mirada cargada de recriminación. ¿Quería destruir varias salas de un palacio tan antiguo como bello para transformarlas en un vulgar gimnasio?

—¿Es que no te gusta la idea? —preguntó él.

—No es que no me guste, es que me disgusta profundamente. No tienes derecho a destruir esta maravilla.

—¿Has visto mis trabajos?

—Sí.

—Entonces, ¿por qué piensas que la voy a destruir? Solo pretendo mejorarla. No quiero vivir en un museo, sino en un lugar vivo.

—Bueno, tú sabrás lo que haces —dijo Felicia—. Pero, cambiando de tema, Vadia me llamó hace una hora. Quiere hablar de tu agenda contigo. Tu padre cumple años en septiembre, y ha visto que estarás en Nueva York.

—Sí, en la boda de un amigo.

—Hablando de bodas, también quiere que le des una lista de posibles novias.

Felicia lo dijo con tanta tranquilidad que Kedah pensó que no le importaba en absoluto.

—Dile que aún no he tomado una decisión al respecto, y que es pronto para hablar de esas cosas —replicó.

—Muy bien.

—Cuando termine con el retrato, iré a cenar con mi familia —le informó él—. A ti te servirán la cena en el despacho. Habla con los empleados y diles lo que quieres comer. Nos marcharemos a eso de la medianoche, y estaremos en Londres por la mañana.

Felicia se detuvo y miró los retratos de sus antepasados, que adornaban el corredor. Todos llevaban túnicas oscuras o blancas, con la tradicional *kufiyya* de cuadros; en cambio, la túnica de Kedah era plateada y su tocado, negro.

Hasta en eso era distinto.

—Vas a destacar entre los otros —dijo.

—Siempre destaco —declaró él, contemplando los cuadros de su padre y su abuelo—. No me parezco físicamente a ellos.

Felicia frunció el ceño; no por lo que había dicho, sino por la forma de decirlo. Y, cuando volvió a mirar los retratos, empezó a comprender.

Kedah se armó de paciencia cuando llegó la hora de posar. El artista era un hombre verdaderamente viejo, y nadie habría creído que aquellas manos temblorosas pudieran crear algo tan hermoso.

—He pintado a su abuelo y a su padre, y ahora lo pinto a usted —dijo el anciano mientras daba los toques finales—. Espero pintar al próximo príncipe heredero.

—Puede que sea una princesa —dijo Kedah.

El pintor sonrió con ironía.

—¿Una princesa? ¿En Zazinia? Espero estar vivo para verlo.

Kedah se alegró de que el anciano compartiera sus puntos de vista. El pueblo quería cambios, y estaba dispuesto a asumirlos.

—Gírese un poco a la izquierda. Y mire el desierto.

El cielo se había puesto de color naranja, y el pintor quería que la luz de la puesta de sol enfatizara las motas doradas de sus ojos; así que Kedah suspiró y miró el desierto, harto del largo y agotador proceso de posar. No le extrañaba que sus antepasados tuvieran expresiones tan sombrías en los cuadros. Los pintores los habían matado de aburrimiento.

Durante los minutos siguientes, se dedicó a pensar en el problema de su madre y en la posibilidad de contárselo a Felicia. Era una mujer muy inteligente, y se le podía ocurrir alguna forma de afrontar el asunto con sutileza.

Pero ¿podía confiar en ella?

Sí, claro que sí.

La respuesta fue toda una revelación para Kedah. No había confiado en nadie desde su infancia, cuando supo lo de Abdal y Rina y perdió dos cosas importantes: la inocencia y la fe en los demás. Sin embargo, Felicia había cambiado eso con sus confesiones personales, sus sinceros y críticos comentarios sobre los hoteles que diseñaba y, sobre todo, con la intimidad de sus noches de amor.

El sol ya estaba a punto de ocultarse cuando el pintor dejó los pinceles en el atril y anunció que había terminado.

—¿Quiere verlo, Alteza?

Kedah sacudió la cabeza.

—No, prefiero esperar a que lo enmarquen.

Su respuesta fue una simple excusa. No le importaba si estaba enmarcado o no. Sencillamente, no se sentía con fuerzas para ver la verdad en su propio rostro.

# Capítulo 7

EL DESPEGUE no se pareció nada al aterrizaje. El piloto del avión se esforzó una y otra vez por ganar altura, pero las turbulencias se lo impedían y tardó bastante en conseguirlo.

Entre tanto, Kedah daba golpecitos con el diamante, maldiciéndose a sí mismo por haber perdido la oportunidad de hablar con su madre, y Felicia miraba por la ventanilla, aunque la noche había cubierto el desierto con un manto negro.

Al cabo de un rato, ella decidió trabajar y se puso los cascos para oír la presentación del proyecto que debía enviar a Hussain. Pero, en lugar de abrir ese archivo, abrió el primer mensaje de correo electrónico, el que Kedah había enviado por equivocación.

Ya se disponía a salir cuando vio lo que contenía. Supuso que serían propuestas sobre el nuevo hotel de Dubái, y se llevó una doble sorpresa.

No eran propuestas, sino magia en estado puro.

Y no era para Dubái, sino para Zazinia.

Era lo que Kedah ansiaba hacer en su país.

Los edificios que había proyectado parecían obras de arte. Se fundían a la perfección con el contexto antiguo del casco histórico, respetando su estética y enfatizándola. Hasta los puentes, carreteras y redes de ferrocarril se atenían a ese objetivo, con el sempiterno desierto como bello y remoto fondo.

Era el trabajo de toda una vida.

Kedah había puesto todo su corazón en él.

Y, evidentemente, no pretendía que ella lo viera.

Cerró el programa de correo y alzó la cabeza. Kedah la estaba mirando, así que se quitó los cascos, preguntándose si habría visto lo que estaba mirando.

Pero sus palabras la desconcertaron por completo.

—Siento haberte tratado tan mal en palacio.

Ella no supo qué decir.

—He llevado a más mujeres a Zazinia, pero siempre eran empleadas o personas con las que mantengo relaciones de carácter profesional —se explicó—. Tenía miedo de que la gente se diera cuenta de que mantenemos una relación íntima, y no quería que te pusieran en una situación incómoda. Sin embargo, no lo he manejado bien.

Felicia lo maldijo para sus adentros. Quería estar enfadada con él, y su amabilidad se lo estaba poniendo muy difícil.

—Bueno, lo hecho, hecho está —replicó, encogiéndose de hombros—. Además, no voy a volver a tu país.

—No, no creo que tenga ningún motivo para pedirte que...

—No me has entendido bien, Kedah. Aunque me lo pidieras, no iría —lo interrumpió ella—. Todos tenemos nuestros límites, y tú has sobrepasado el de mi paciencia con tu forma de comportarte. Pero, de todas formas, no es necesario que vuelva.

—No.

En opinión de Felicia, Kedah había ido demasiado lejos. Si solo hubiera sido una empleada suya, habría aceptado ese trato a regañadientes, pero lo habría aceptado.

Sin embargo, era bastante más que una empleada. Era su amante. Y, aunque su acuerdo no dejara de ser simplemente sexual, tampoco era un robot que él pudiera programar a su capricho, pasándola de amante a criada en un abrir y cerrar de ojos.

El tiempo mejoró cuando estaban a una hora de Londres, y las turbulencias desaparecieron. Para entonces, Felicia se había quedado dormida, y Kedah se fue al dormitorio para quitarse la túnica y ponerse un traje.

Estaba tan cansado que solo quería dormir; pero, en lugar de eso, se sentó en la cama y se llevó las manos a la cabeza.

Su humor no estaba a la altura de las bravas palabras que había pronunciado en Zazinia. Por muy seguro que intentara mostrarse, no tenía la menor idea de lo que iba a hacer si su padre decidía apoyar a Mohammed. Si exigía un referéndum democrático y se salía con la suya, saldría a la luz el pasado de su madre. Pero ¿merecía la pena? ¿Y qué pasaría si no era hijo de Omar? Ni siquiera tendría derechos al trono.

Normalmente, Kedah tenía un aspecto impecable en cualquier circunstancia.

Pero aquella mañana, no.


Durante el trayecto en coche, Felicia pensó que Londres era una ciudad preciosa; pero le pareció distinta, como si hubiera cambiado durante su ausencia. Al fin y al cabo, había pasado varias semanas en compañía de Kedah, y nada volvería a ser lo mismo.

Al llegar al piso del príncipe, Felicia salió del vehículo y se aseguró de que el chófer sacara todo su equipaje. Hasta entonces, siempre se despedían cuando llegaba ese momento; pero, cuando se dirigió a Kedah, descubrió que eso también había cambiado.

–Supongo que tengo el día libre –dijo ella.

–Sí, por supuesto.

–En ese caso, me voy a casa.

–¿No quieres subir? –preguntó él.

Felicia sacudió la cabeza. En Londres eran las siete de la mañana, y la diferencia horaria con Zazinia había aumentado su cansancio.

–Estoy agotada.

–Me lo imagino.

Kedah también estaba cansado, y no solo por la diferencia horaria. El deseo lo tenía en un estado de agitación permanente, que empeoraba por la necesidad de refrenarse. Y a Felicia le pasaba lo mismo. Hasta había considerado la posibilidad de ir a casa de su madre para recordarse lo que podía pasar cuando alguien se enamoraba de quien no debía.

Sería mejor que volviera al coche y se marchara de inmediato.

Pero no se llegó a ir, porque Kedah añadió algo tan inesperado como importante:

–Me prometiste que no se lo dirías a nadie si te lo contaba. ¿Tu promesa sigue en pie?

–Sabes que sí.

Él la tomó de la mano e hizo un gesto al chófer para que sacara también el equipaje de Felicia. Luego, la llevó al interior del edificio y corrió las cortinas del salón, que daba a un bello y enorme jardín.

No era la primera vez que ella estaba en su casa; había ido varias veces, pero siempre en su ausencia, para hablar con alguno de sus sirvientes o recoger sus maletas cuando se iba de viaje. Pero esa vez no estaba en calidad de ayudante personal, sino de amante. Y no se arrepentía. De hecho, no se había quedado porque ardiera en deseos de conocer su secreto, sino porque ardía en deseos de volver a acostarse con él.

—Me voy a duchar. ¿Quieres venir conmigo?

—No, gracias.

Kedah entró en su dormitorio y se desnudó. Tendría que haber estado contento de volver a casa, pero no lo estaba.

Londres no era su hogar. Zazinia era su hogar.

Ya en el cuarto de baño, abrió el grifo de la ducha y se metió bajo el agua caliente, esperando que lo relajara un poco. Pero estaba demasiado cansado, y demasiado preocupado ante la perspectiva de contarle su secreto a otra persona.

¿Seguro que era una buena idea?

Sus preocupaciones se evaporaron cuando Felicia apareció de repente, en una demostración inequívoca de que había cambiado de opinión sobre su oferta.

Por primera vez, Kedah se sintió en casa.

—Espera —dijo cuando ella se empezó a desnudar.

Kedah salió de la ducha, le desabrochó los botones y, tras quitarle el vestido, la ayudó a deshacerse de la ropa interior.

—Estás temblando, Felicia.

—Será por el agotamiento de la diferencia horaria.

Obviamente, la diferencia horaria no tenía nada

que ver. Felicia era consciente de que se estaba metiendo en un buen lío. Cuanto más tiempo estuviera con él, más le dolería la separación. Pero el deseo pesaba más.

Kedah le apartó el pelo y besó su cuello con ternura. Ella habría preferido que fuera brusco y la tomara sin más, para poder odiarlo después y culparlo de lo que habían hecho. Sin embargo, fue maravillosamente atento. Primero, le lavó el cabello sin prisa alguna y luego, le enjabonó el cuerpo por completo, sin pasar por alto ni un milímetro de piel.

Y ella no hizo nada. Ni siquiera lo tocó. Se limitó a dejarse llevar por la excitación que crecía poco a poco en su interior.

Estaba segura de que todo aquello tendría un precio que pagaría más tarde, pero no le importaba. Y le importó aún menos cuando él la apretó contra su duro pecho y tomó su boca con una pasión tan exquisita que Felicia casi dejó de oír el ruido del agua. Ahora era un rumor distante, prácticamente imperceptible.

El mundo había dejado de existir, y lo había hecho de tal manera que, cuando él cerró el grifo, ella tardó unos segundos en darse cuenta. Pero su estremecimiento posterior no se debió ni al cambio de temperatura ni a su propia excitación, sino a la oscuridad del dormitorio de Kedah, cuyas cortinas echadas cerraban el paso a la luz del sol y lo abrían a una promesa de paraíso sensorial.

Kedah la llevó a la cama, donde la tomó. No tenía intención de tomarla tan deprisa, pero no lo pudo evitar. Luego, pronunció su nombre como si fuera lo único que pudiera exorcizar sus demonios, y ella pronunció el suyo de la misma manera.

Hicieron el amor con furia, como si se estuvieran haciendo una guerra deliciosa. Kedah asaltó sus sentidos rabiosamente hasta que ella no pudo más y alcanzó el orgasmo; pero ni se rindió entonces, entre sus gemidos de placer, ni unos segundos más tarde, cuando él llegó al clímax con una larga acometida.

Estaba demasiado enfadada. Con ella, por dejarse llevar de esa manera, y con él, por comportarse como si creyera que el sexo formaba parte de su trabajo. ¿Cómo podía ser tan arrogante?

Felicia no podía saber que Kedah estaba muy lejos de sentirse arrogante en ese momento. Estaba a punto de contarle un secreto que no le había contado a nadie y, cuando se lo contara, abriría una puerta que siempre había estado cerrada.

Pero había tomado una decisión, así que preguntó:

−¿Quieres saberlo?

Ella se giró hacia la mesita de noche y miró la hora. Eran las nueve de la mañana. Sus maletas estaban donde las había dejado el chófer, en el vestíbulo de la casa. Solo tenía que vestirse, despedirse de Kedah y recoger el equipaje.

Aún estaba a tiempo de dar marcha atrás.

¿O no?

No, ya era demasiado tarde. Había ido demasiado lejos, y no tenía más opción que recorrer el camino iniciado.

−Sí −contestó, asintiendo−. Quiero saberlo.

# Capítulo 8

AÚN tienes aquel artículo? ¿El que estabas leyendo el día que nos conocimos? –preguntó Kedah.

–Sí, lo descargué de Internet.

–Pues búscalo.

–Lo tengo en el móvil.

Kedah se levantó de la cama, abrió su bolso sin pedirle permiso y sacó el teléfono móvil, que le dio.

–Échale otro vistazo mientras hago café.

Felicia volvió a leer el artículo y, cuando él volvió con el desayuno, preguntó:

–¿Has visto algo que no hubieras notado antes?

–No, no dice nada que no sepa. Da a entender que tu posición está en entredicho y que...

–Míralo otra vez.

Ella frunció el ceño y lo volvió a leer.

–No veo nada particularmente llamativo –dijo al final–. Salvo la foto de Mohammed y tu padre, claro.

–¿Y qué dice el pie de foto?

–«De tal padre, tal hijo».

–En efecto. Pero lo importante no es lo que dice, sino lo que insinúa.

–¿A qué te refieres?

–Es una advertencia sobre lo que podría ocurrir si la verdad sale a la luz.

–¿La verdad?

Kedah respiró hondo.

–Se rumorea que yo no soy hijo de Omar. Y no solo porque no nos parezcamos físicamente, sino porque nuestros puntos de vista son opuestos –contestó–. Hasta ahora, nadie se ha atrevido a decirlo en voz alta, pero eso puede cambiar en cualquier momento. Y tengo que estar preparado. Tengo que encontrar una respuesta adecuada a esa acusación.

Felicia se acordó de los retratos que había visto en palacio, cuando ella misma pensó que no se parecía nada a sus antepasados.

–¿Es posible que las habladurías sean ciertas? –se atrevió a preguntar.

Kedah asintió.

–Me temo que sí. Cuando era niño, descubrí a mi madre en compañía de otro hombre.

Ella tragó saliva.

–¿Lo sabe alguien más?

Él sacudió la cabeza.

–No, estaba solo cuando los vi.

–¿Tu madre sabe que la viste?

Kedah no contestó.

–Dime lo que pasó –continuó ella.

–Preferiría no entrar en detalles. Es demasiado doloroso.

–¿Qué pasó? –insistió Felicia–. Dime lo que viste. Y dímelo con exactitud, porque necesito saberlo todo. Te sueles enfadar cuando subestimo tu trabajo, pero yo también me enfado cuando subestiman el mío. Estoy acostumbrada a ese tipo de situaciones. Son mi especialidad, y sé que te puedo echar una mano. Pero no podré si no conozco los detalles.

Kedah no creía que Felicia lo pudiera ayudar; pero, a pesar de ello, accedió.

—Yo era muy pequeño.

—¿Hasta qué punto?

—Solo tenía tres años.

Felicia no dijo nada.

—¿Recuerdas el despacho donde estuviste ayer? —prosiguió Kedah.

—Sí, por supuesto.

—Pues bien, yo me estaba escondiendo de mi niñera. Mi abuelo y mi padre acababan de volver a Zazinia y, como no quería ir a recibirlos, me escondí bajo una mesa de la sala contigua —le explicó—. Al cabo de unos instantes, oí ruidos procedentes del despacho. Creí que alguien estaba haciendo daño a mi madre, así que corrí hacia la puerta que comunica las dos estancias y la abrí. Mi madre estaba con Abdal.

—¿Abdal? —preguntó ella, desconcertada—. Bueno, olvida eso de momento. Sigue hablando, por favor.

—Abdal se fue inmediatamente, y mi madre me dijo que ella había estado llorando y que él la había intentado animar. Pero también me dijo otra cosa: que no se lo contara ni al rey ni a nadie más —declaró Kedah—. Seguramente, cree que se me ha olvidado.

—¿Y la niñera?

—Apareció después y se disculpó ante mi madre por haber permitido que me escapara. Parecía incómoda, pero tuve la impresión de que no había visto nada.

—Puede que viera a Abdal cuando se fue.

Felicia se alegró de haber estado en esa zona de palacio, porque ahora sabía que el corredor al que daban las dos salas era muy largo. En consecuencia, cabía la posibilidad de que Abdal siguiera en él cuando llegó la niñera y, como no llevaba a ningún otro sitio, habría llegado a la inevitable conclusión de que el hombre había estado con la reina.

Mientras el rey estaba de viaje.

–¿Estás seguro de que eran amantes? A fin de cuentas, solo tenías tres años. Puede que interpretaras mal la situación.

–¿Interpretarla mal? Abdal había tumbado a mi madre en la mesa del despacho, y ella tenía las piernas abiertas. No solo estoy seguro de que eran amantes, sino de que lo suyo no era una aventura de una sola noche. Nadie tumba a una reina en una mesa si no tiene la suficiente confianza.

Felicia sonrió, y él se sintió extrañamente aliviado.

–Mi madre es de un país mucho más avanzado que el mío –prosiguió él–, y Abdal era su ayudante personal. De hecho, fue a Zazinia para ayudarla en la transición y asegurarse de que mi abuelo cumplía los acuerdos a los que habían llegado.

–¿Y los cumplió?

–Mínimamente. La gente tenía la esperanza de que aquel matrimonio cambiara las cosas, pero no cambiaron demasiado. Si mi abuelo siguiera vivo, lo mataría.

Kedah lo dijo con un tono tan sombrío que Felicia no lo dudó.

–¿Y qué pasó con Abdal?

–Se fue pocos días después. Era un hombre muy joven, pero debía de tener el suficiente sentido de la responsabilidad como para darse cuenta de que su presencia en Zazinia ponía en peligro a mi madre. Yo no me parecía a mi padre. Ni siquiera me parecía a mi hermano.

–¿Te has hecho alguna prueba de ADN? Es lo único que te haría salir de dudas.

A Kedah le gustó su actitud. Lejos de juzgar a Rina, se limitaba a ser práctica y pasaba directamente a lo importante, sin más intención que solucionar el problema.

–Me hice una prueba hace tiempo, con discreción. Pero tendría que compararla con la de mi padre, y no puedo ir por ahí buscando pelos en peines.

–No necesitas un pelo. Se puede hacer con otras cosas –dijo ella–. Uno de mis clientes hizo una prueba de ADN con un chicle.

–Mi padre no es una persona cualquiera, Felicia. Es un rey –le recordó.

–Sí, lo sé. Solo digo que...

–¿Que le ofrezca un chicle, me ponga unos guantes y me lo lleve cuando lo tire? ¿Crees que nadie se daría cuenta? –la interrumpió él.

Felicia guardó silencio.

–No sé... tal vez debería preguntárselo a ella –continuó Kedah.

–¡Ni se te ocurra! –exclamó Felicia–. No conseguirías nada. Es posible que admita su relación con Abdal, pero no admitirá que seas hijo suyo.

–No, supongo que no.

–¿Tu padre es consciente de los rumores?

–Puede que lo sea, pero está convencido de que mi madre es la perfección personificada. La defendería a muerte, lo cual empeoraría la situación si se descubriera que soy hijo de Abdal. Quedaría en ridículo delante de todo el mundo –afirmó Kedah–. Necesito saber la verdad, y saberla antes que nadie.

–¿Aunque no te guste?

–Sobre todo, si no me gusta. Tengo que saber hasta dónde puedo llegar en mi enfrentamiento con Mohammed. Si soy hijo de Abdal y hago algo que lo saque a la luz, mi padre se vería obligado a divorciarse de mi madre.

–¿Está enamorado de ella?

–Con toda su alma –respondió él, tajante–. Pero cualquiera sabe lo que pasaría en ese caso.

Kedah suspiró y sacudió la cabeza, cansado de hablar.

–Bueno, dejemos ese asunto para otro momento. Duerme un poco –dijo.

Felicia asintió. Ya no se quería ir a casa. Estaba en ella, así que abrazó a Kedah y, lentamente, se quedó dormida.

# Capítulo 9

FELICIA nunca había conocido a nadie que tuviera tanta facilidad como Kedah para separar los negocios y el placer.

Y era de gran ayuda.

Cuando estaban en un restaurante, ella sacaba el móvil y el ordenador y los usaba como muro de separación para recordarse que en ese momento no eran amantes, sino dos personas que estaban trabajando.

Pero las noches no tenían nada que ver.

Entonces, cenaban en los mejores restaurantes de la ciudad y se tocaban tanto como podían, sin ordenadores entre ellos. Se daban la mano, se besaban y hacían travesuras con los pies, por debajo de la mesa, antes de volver a casa.

El domicilio de Kedah se había convertido en su hogar. Las doncellas habían sacado el contenido de sus maletas y lo habían metido en el vestidor, como si estuviera viviendo allí. Pero, afortunadamente, los amigos y los familiares de Felicia estaban tan acostumbrados a que desapareciera largas temporadas por motivos de trabajo que a nadie le pareció extraño; ni siquiera a su madre, con quien comió un día.

—Al menos, dime para quién estás trabajando —le rogó Susannah.

—Ahora no puedo hablar —replicó ella con una sonrisa—. Me están esperando.

Felicia dijo la verdad. Kedah tenía una reunión importante con Hussain; pero, como faltaba un buen rato, decidió pasarse por su piso para recoger varios productos que brillaban dolorosamente por su ausencia en la casa del príncipe: las pinzas de depilar, las toallitas desmaquilladoras que guardaba en el cuarto de baño y, especialmente, un envase nuevo de píldoras anticonceptivas.

Mientras lo guardaba todo, vio una caja de tampones y extendió el brazo para alcanzarlos. Entonces, se acordó de que había comprado una caja la semana anterior y cayó en la cuenta de que no había usado ninguno.

No había tenido la regla.

Tras pensarlo unos segundos, Felicia le restó importancia. Sería por el cansancio, por los viajes o por el simple agobio de estar enamorada de un hombre que ni siquiera habría considerado la posibilidad de enamorarse de ella.

Pero fuera como fuera, su regla llegaba con retraso. Y, tras mirar el reloj, se dio cuenta de otra cosa: de que había perdido tanto tiempo en su casa que también iba a llegar tarde a la cita con Kedah.

Por desgracia, su habilidad para separar los negocios y el placer se volvió esa vez en contra de Felicia, porque Kedah le recriminó su actitud.

—Llegas tarde —dijo, molesto.

—Sí, es verdad.

—Y no has enviado ese archivo a Hussain...

Ella suspiró.

—No. Me he olvidado.

—Pues no lo vuelvas a olvidar.

Kedah iba a añadir algo más, pero se contuvo porque se dio cuenta de que estaba siendo injusto con Felicia. La obligaba a trabajar día y noche, y no solo en la empresa, sino también en la cama.

Era una mujer fascinante. Y cada vez le gustaba más.

Normalmente, su interés por las mujeres se desvanecía a la mañana siguiente de haber hecho el amor con ellas. Pero lo suyo con Felicia no era normal en absoluto. Y estaba encantado de que no lo fuera.

Felicia se fue a su despacho antes de que Kedah pusiera fin a la conversación. Se sentía como si le estuviera entregando su corazón pedazo a pedazo, y ya no lo soportaba más.

Momentos después, Anu le llevó un té y se marchó. Pero volvió al cabo de unos minutos.

—Me acaban de llamar de recepción —dijo, preocupada—. El hermano de Kedah ha venido a verlo, pero él está reunido con Hussain y me ha pedido que no los moleste.

Felicia alcanzó el teléfono y levantó el auricular.

—Bueno, a mí no me ha pedido nada, así que no estoy sujeta a esa prohibición.

Anu sonrió, pero Kedah no se mostró comprensivo cuando recibió la llamada:

—He dicho que no quiero que me molesten.

—Lo sé, pero esto te va a interesar. Tu hermano está en recepción, y quiere verte.

Kedah miró a Hussain. En otras circunstancias, le habría dicho a Felicia que hablara con Mohammed y le pidiera que regresara en otro momento, porque estaba ocupado. Pero no tenía sentido que retrasara

lo inevitable. La visita de Mohammed no era inocente. No había ido a hacerle una visita de cortesía.

–Dile que suba, por favor.

Kedah colgó el teléfono y se giró hacia Hussain.

–Tendremos que dejar nuestra reunión para otro
día. Mi hermano acaba de llegar de Zazinia, y dice
que quiere verme. Espero que lo comprendas.

–Por supuesto.

Kedah le estrechó la mano, y Hussain salió de su
despacho. Cuando Felicia lo vio, pensó que estaba
muy serio. Generalmente, Hussain se detenía un rato
y hablaba con ellas; pero esa vez se limitó a asentir a
Anu, que aún parecía preocupada.

Mohammed apareció al cabo de unos momentos
y, como Anu no se levantó, Felicia se acercó al príncipe para acompañarlo al despacho de su hermano.

–¿Les llevo algo de beber? –preguntó ella.

–No, gracias –contestó Kedah, quien salió a reci-
birlo.

Kedah cerró la puerta inmediatamente, y Anu comentó en voz baja:

–Va a haber tormenta.

–No necesariamente.

–La habrá –insistió Anu–. Siempre he sabido que
este día iba a llegar.

Kedah también lo sabía, y se dirigió a su hermano
con un tono poco agradable.

–Qué sorpresa –dijo–. No te esperaba.

–Tomé la decisión esta misma mañana –Mohammed se sentó–. Estaba en una reunión donde se deba-
tía sobre las posibles novias del futuro rey. Y me pareció extraño, teniendo en cuenta que estoy casado y
que mi mujer sería una reina excelente.

—No lo dudo, pero te recuerdo que tú no eres el príncipe heredero —replicó Kedah—. ¿Por qué te pareció extraño?

—Porque soy yo quien vive en Zazinia y trabaja por nuestro país. Tú estás a miles de kilómetros de distancia, disfrutando de tu riqueza.

—Como bien sabe nuestro padre, estaré encantado de dedicarme en cuerpo y alma a Zazinia cuando no saboteen constantemente mis proyectos. Pero, si tengo que esperar a ser rey para llevarlos a cabo, esperaré.

—Te interesará saber que he estado hablando con Fatiq —dijo Mohammed, refiriéndose a uno de los ancianos del Consejo—. De hecho, he venido a Londres porque me ha parecido justo que lo supieras. Casi todos los miembros del Consejo opinan que yo sería mejor príncipe heredero y mejor rey.

Kedah se encogió de hombros.

—¿Y eso es una noticia nueva? Lo sé desde hace años.

—Pues lo sepas o no, creen que tus intereses no coinciden con los de Zazinia.

—Eso es falso.

—Y han sugerido que deberías renunciar al trono y dejarme paso a mí.

—Ni lo sueñes.

Mohammed lo miró fijamente.

—Eso no es todo. Hay quien dice que yo soy el heredero legítimo.

—¿Quién lo dice? Quiero saber sus nombres.

Su hermano sacudió la cabeza.

—No te los puedo dar. Pero, cuando se convoque el Consejo de Regencia...

–¿Y por qué hay que convocarlo? Nuestro padre ha dicho que me dará su apoyo inequívoco cuando elija novia.

–Kedah, yo tampoco quiero esa reunión. Sabes tan bien como yo que hay cosas que deberían seguir ocultas. Pero tú eres el único que puede cerrar el paso a los ancianos.

–¿Crees que voy a renunciar a mis derechos por tranquilizar a un grupo de vejestorios? –preguntó él.

–No, pero deberías hacerlo por el bien de nuestra madre.

Mohammed esperaba que Kedah diera su brazo a torcer; pero, en lugar de rendirse, sacó el móvil y marcó un número de Zazinia. Segundos después, el rey se puso al teléfono.

–Voy a convocar al Consejo de Regencia –anunció a su padre–. Hay que solucionar este asunto de una vez por todas. ¿Tengo tu apoyo? ¿O no?

A Omar no le sorprendió la pregunta. Sabía que Mohammed había ido a Londres, y estaba esperando a que lo llamara.

–Kedah, no es necesario que convoques una reunión del Consejo. Te lo dije el otro día... Si vuelves a Zazinia y eliges novia, los ancianos se quedarán tranquilos y dejarán de complicarnos las cosas.

Kedah suspiró.

–No, nada de eso. La reunión se celebrará el viernes, a primera hora de la mañana. Entonces, tendrás la oportunidad de apoyarme o de retirarme tu apoyo. Pero, si me lo retiras y eligen a Mohammed, pondré la decisión en manos del pueblo.

Kedah cortó la comunicación y miró a su hermano.

–Lo he dicho en serio –le advirtió.

–¿Es que te has vuelto loco? Los ancianos han dicho que, si haces eso, pedirán una prueba de ADN.

Mohammed esperaba que Kedah palideciera y se derrumbara, pero su hermano soltó una carcajada sin humor.

–Vaya, rechazan sistemáticamente los avances científicos y apelan a ellos cuando les conviene –ironizó–. En fin, supongo que no tengo más remedio que volver a Zazinia.

–¿Aunque hagas daño a nuestra madre?

–Eso no será culpa mía, sino de los dos. No te comportes como si tú no tuvieras nada que ver –dijo Kedah, levantándose–. Cuando elija novia, si es que la elijo...

–¡No puedes hacer eso! –bramó Mohammed, frunciendo el ceño–. ¿Por qué le querrías hacer una cosa así?

Kedah también frunció el ceño.

–¿A quién? –preguntó, desconcertado.

–A la mujer que se case contigo. Mi esposa se casó con un príncipe que podía llegar a ser rey, pero la tuya se casaría con un príncipe heredero que puede perder esa condición en cualquier momento y convertirse en un plebeyo. No estás en posición de elegir novia.

Kedah volvió a reírse.

–Te lo digo muy en serio, Mohammed. Si la reputación de nuestra madre sale malparada de este asunto, te meteré en prisión.

–No entiendes nada. No podrás encarcelar a nadie, porque el poder no será tuyo.

Kedah le lanzó una mirada cargada de ira.

–En ese caso, me ocuparé de ti al margen de la ley.

# Capítulo 10

FELICIA seguía en su despacho cuando Mohammed salió y, como tenía la puerta abierta, le vio la cara y supo que su reunión con Kedah había terminado mal.

En otro momento, habría sentido curiosidad; pero estaba demasiado preocupada con sus propios problemas, y lo demás le interesaba muy poco. Había echado un vistazo a su agenda, intentando recordar cuándo había tenido la regla por última vez. Y había pasado tanto tiempo que solo había una explicación posible.

Se había quedado embarazada.

–¿Felicia?

Ella alzó la cabeza. Era Kedah.

–¿Cómo te ha ido?

–Mi hermano ha puesto sus cartas sobre la mesa.

Durante semanas, Felicia no había hecho otra cosa que reflexionar sobre Kedah y sobre el secreto que, evidentemente, estaba ocultando. Quería saber más. Quería saberlo todo. Y ahora, de repente, no quería saber nada más. Porque tenía la sensación de que su tiempo se estaba acabando.

–¿Nos vamos a cenar? –preguntó él.

–¿A cenar? Ni siquiera son las cinco.

–Entonces, vayamos a mi casa. Tenemos que hablar.

–Tengo una reunión con Vadia.

–Cancélala. Tenemos que hablar –repitió Kedah–. Las cosas se han complicado mucho. Mi hermano ha hablado con los ancianos del Consejo, y quieren nombrarle príncipe heredero.

Ella no dijo nada.

–Mi padre dice que, si elijo novia antes, puede detener el proceso... En cualquier caso, he convocado una reunión el viernes por la mañana. Me marcharé el martes.

–¿Cuánto tiempo estarás en Zazinia?

Kedah, que por una vez en su vida estaba pálido, contestó:

–Dudo que ese problema se resuelva con rapidez. Pase lo que pase, los ancianos jugarán sucio y pondrán en duda mi ascendencia. Voy a estar muy ocupado.

–¿Y en qué lugar me deja eso?

–Si lo dices por el trabajo, no te preocupes. Tienes un contrato de un año, con independencia de lo que me pase.

Felicia se sintió como si Kedah le hubiera dado una bofetada. No se refería al trabajo, sino a su relación. Pero respiró hondo y sacó fuerzas de flaqueza.

–¿Qué pasará si todo sale bien?

–Que tendré que asumir mi destino y prepararme para ser rey –contestó él–. Por eso quiero hablar contigo. Es importante que...

–Ahora no quiero hablar –lo interrumpió.

Felicia solo quería irse a casa, acurrucarse en el sofá y controlar el pánico que la estaba dominando.

Necesitaba estar a solas y convencerse a sí misma de que no era posible que se hubiera quedado embarazada.

Había cometido el error de mezclar los negocios con el placer, y ahora no podía pensar con claridad.

—Tengo que irme —añadió—. Tengo que reflexionar sobre todo esto.

—Puedes reflexionar conmigo.

—No.

Felicia no podía. En parte, porque sus sentimientos se interponían cuando estaba con él y, en parte, porque se había dado cuenta de que no quería que Kedah fuera rey. Si lo conseguía, su relación amorosa no tendría ninguna oportunidad.

¿O sí?

Fuera como fuera, creía haberse convertido en otra Beth, en otra amante que esperaba cambiar a Kedah y conseguir algo más que unas cuantas noches de sexo. Y ni siquiera se podía quejar, porque Kedah no la había engañado. Estaba advertida, y había seguido adelante de todas formas.

En un esfuerzo por animarse, se dijo que algún día se acordaría de aquella época y se reiría. Estaría sentada con unos amigos, tomándose un cóctel y les arrancaría carcajadas con la historia de una tonta que se había encaprichado de un príncipe y que, a pesar de saber que se iba a casar con otra, siguió albergando la esperanza de que se enamorara de ella.

—Me voy a casa. Lo pensaré esta noche y... bueno, quizá se me ocurra algo —dijo con la mejor de sus sonrisas, la que dedicaba a sus clientes.

Kedah no dijo nada. Se limitó a apartarse para dejarla pasar.

Sin embargo, se quedó perplejo. No le había pedido que lo acompañara para encontrar una solución
a su problema, sino porque necesitaba hablar con
alguien y sentir un poco de afecto. Necesitaba a Felicia Hamilton.

Y, sin embargo, se había ido.

En cuanto a ella, tuvo que elegir entre romper a
llorar o dar un paseo, así que optó por lo segundo. Y,
cuando volvió a casa, comprendió que no se iba a
sentir mejor entre aquellas paredes.

Ya no era su hogar.

Su hogar estaba donde estaba su amor, porque
estaba enamorada.

A sus veintiséis años, acababa de descubrir el
amor verdadero.

# Capítulo 11

A LA MAÑANA siguiente, Kedah llegó tarde a trabajar.

Había sido una noche muy larga.

Por mucho que le disgustara admitirlo, Mohammed tenía razón en el asunto de su boda. No se podía casar con nadie si su estatus estaba en discusión. Efectivamente, se arriesgaba a convertirse en un simple plebeyo; algo inaceptable para las mujeres entre las que tendría que elegir, porque todas esperaban casarse con el heredero al trono.

Sí, había sido una noche difícil, y la mañana no había empezado mucho mejor. Omar lo había llamado por teléfono para intentar persuadirlo de que convocara al Consejo de Regencia y, por supuesto, él se había negado.

Pero eso no cambiaba nada.

Al salir del ascensor, se encontró con Anu, que se estaba tomando un café en su mesa.

–Buenos días –dijo.

Kedah notó que Felicia no estaba en su despacho. La puerta estaba cerrada y la luz, apagada.

–Buenos días. ¿Quieres un café?

–Más tarde –contestó él–. Pareces cansada.

–Es que no he dormido bien. Mi madre me llamó

anoche y me dijo que el Consejo de Regencia se va a reunir.

Kedah asintió.

—Sí, el viernes por la mañana. Pero, pase lo que pase, tu puesto de trabajo está a salvo. En el peor de los casos, seguiré siendo dueño de mis hoteles.

—No es mi trabajo lo que me preocupa, Kedah. Bueno, no es que no me preocupe, es que me importa más nuestro país. Mi padre y mi madre están muy enfadados, y no me extraña. Todos crecimos con la esperanza de que llegaras un día al trono.

—Y llegaré.

Anu no se quedó muy convencida.

—Quiero volar a Zazinia mañana, al mediodía. ¿Te puedes encargar de ello?

—Claro que sí.

Kedah podría haberse ido el miércoles o el jueves, pero había tomado la decisión de marcharse el martes porque necesitaba tiempo para prepararse. Incluso estaba pensando en ir al desierto en busca de un poco de sabiduría. Pero, en cualquier caso, aquella iba a ser su última noche en Londres; por lo menos, durante una buena temporada.

—Cuando llegue Felicia, dile que quiero hablar con ella.

—Felicia no va a venir. Ha llamado para decir que estaba enferma.

Kedah entró en su despacho rápidamente, cerró la puerta y alcanzó el teléfono.

Felicia no contestó la primera vez, pero él volvió a llamar. Y como ella sabía que se presentaría en su casa si no contestaba, optó por dar su brazo a torcer.

–Hola, Kedah –dijo.

Felicia intentó mostrarse segura, pero no lo consiguió. Las lágrimas se lo impedían.

–¿Estás llorando?

–Por supuesto que no. Es que estoy acatarrada –mintió–. He llamado a Anu para decírselo.

–¿Acatarrada? ¿En pleno verano?

–Esas cosas pasan.

–Ayer estabas bien.

–Pues ahora no lo estoy –replicó ella–. Mira, siento que mi catarro sea un inconveniente para ti, pero no puedo ir a trabajar.

Kedah no se dejó engañar por Felicia, que solo consiguió enfadarlo.

–Te quiero aquí antes de una hora. Tenemos muchas cosas que hacer, y lo sabes mejor que nadie. Mañana me voy a Zazinia.

–No puedo ir a trabajar –repitió ella, consciente de que tenía los ojos inyectados en sangre de tanto llorar–. Me voy a tomar un día libre. Y no me lo puedes impedir, porque mi contrato dice específicamente que tengo derecho a estar de baja por motivos de salud. Solo necesito un certificado médico.

Felicia colgó el teléfono y lo desconectó. Después, se vistió, alcanzó su bolso y se fue a la calle, intentando convencerse otra vez de que no había tenido la regla por culpa de los viajes y del simple hecho de haberse enamorado del hombre más insensible del mundo.

Un hombre capaz de abrazarla mientras hablaba de las novias entre las que iba a elegir.

Un hombre que había llegado a decir que, si alguna vez dejaba embarazada a una de sus amantes, Vadia solucionaría el problema.

Sin embargo, ella no necesitaba que Vadia solucionara nada. Era perfectamente capaz de afrontar las consecuencias de sus actos.

Al llegar a la farmacia, compró una prueba de embarazo. Luego, volvió a casa, siguió las instrucciones del prospecto y esperó con ansiedad, repitiéndose una y otra vez que no podía haberse quedado encinta.

Pero el resultado de la prueba fue categórico.

Estaba esperando un hijo.

Asustada, se quedó mirando el pequeño indicador. Iba a ser madre, algo que no había entrado nunca en sus planes, algo que ni siquiera había considerado, algo que no habría sucedido si no hubiera cometido el error de olvidar su carrera y embarcarse en una relación imposible con un príncipe.

Kedah lo había cambiado todo.

Pero, en ese momento, no estaba pensando en él ni en el escándalo que su embarazo pudiera causar, sino en ella y sus propias necesidades.

¿Quería tener ese hijo?

Tras sopesarlo con detenimiento, se dijo que sí. Quería esa pequeña creación del amor que había habido entre ellos. Quería que toda esa belleza cobrara cuerpo y se convirtiera en un ser vivo que, por supuesto, protegería.

Felicia pensó que tenía que pedir cita con el médico y hablar con Kedah; pero antes, tenía que pensar en cosas más importantes, que afectaban al futuro de su bebé. Por ejemplo, en su trabajo. A fin de cuentas, iba a ser madre soltera, y no se podía quedar en el paro.

Además, el futuro de Kedah podía depender de ella. Pero, afortunadamente, era una gran profesional.

Felicia dio muchas vueltas al problema de Kedah, y siempre llegaba a la misma conclusión: antes de entrar en batalla, necesitaba saber si sus pretensiones al trono eran legítimas. De lo contrario, no podría contrarrestar la campaña de Mohammed. Y, si al final resultaba que no era hijo de Omar, su madre y él se encontrarían en una situación muy complicada.

A última hora de la tarde, cuando ya se disponía a encender la luz de la mesa donde estaba trabajando, llamaron a la puerta. Felicia se levantó y se encontró ante un mensajero que le dio una caja. Tras firmar el acuse de recibo, volvió al pequeño despacho de su piso y abrió el inesperado regalo.

Dentro, había una cesta preciosa que contenía casi todo lo que habría podido necesitar si hubiera estado realmente acatarrada: una botella de coñac, una copa, una bata de aspecto cálido, unos pañuelos de seda, un tarro de miel y unos limones tan increíblemente perfectos que parecían salidos del paraíso terrenal.

Felicia sonrió, y quiso a Kedah más que nunca.

Había algo en él que le gustaba sobremanera. Pero no era la única que pensaba eso. La gente se giraba a mirarlo cada vez que entraba en un local, y no lo miraban solo porque fuera carismático.

No, no era solo por su carisma.

Había algo más.

Cuando Kedah prestaba atención a alguien, hacía que se sintiera como si fuera la única persona del mundo. Tenía un don difícil de encontrar; un don que también tenía Omar, el rey de Zazinia, y no creía que fuera casualidad.

Estaba convencida de que Omar era su padre.

Pero ¿cómo lo podía demostrar?

En el fondo de la caja había una nota de Kedah, escrita a mano. Y le pareció un regalo mucho más romántico que una joya o un ramo de flores porque, pasara lo que pasara, la guardaría para siempre y la leería de vez en cuando en privado.

*Felicia:*

*Huelga decir que no necesitas un certificado médico. Quizá soné algo brusco, pero solo fue porque me sorprendió que estuvieras enferma y porque me llevé una decepción al saber que no te iba a ver. Las cosas se van a complicar bastante, pero tómate todo el tiempo que necesites. Tu salud es lo más importante.*

*Como sabes, me voy mañana a Zazinia, y me gustaría verte antes de partir. Pero, si no es posible, lo entenderé.*

*Tuyo,*

*Kedah*

Tras leer la nota, Felicia llegó a dos conclusiones: que se había creído que tenía un resfriado y que necesitaba que recuperara sus fuerzas para enfrentarse a la prensa.

Sí, Kedah podía ser increíblemente arrogante en ocasiones, pero también era un encanto. Y nunca debía descubrir que se había enamorado de él.

Al fin y al cabo, el amor no formaba parte de su acuerdo.

# Capítulo 12

FELICIA se despertó antes de que sonara el despertador y, después de ducharse, se preparó para entrar en batalla.

No exageraba al pensar en esos términos, porque iba a tener que librar una verdadera batalla para que Kedah no se diera cuenta de que se había enamorado de él. Pero, en cualquier caso, tenía que hacer su trabajo. Y por fin, tras una larga noche de dar vueltas y más vueltas al problema, había encontrado una solución.

Entró en el vestidor, buscó entre su ropa y alcanzó el vestido blanco que llevaba puesto el día en que se conocieron.

Aquella prenda era su mentira preferida.

Le hacía parecer dulce, pero no lo era.

Tenía fuerza para afrontar cualquier cosa.

Tras vestirse, alcanzó el carmín rojo y se puso un poco en la nariz para dar la impresión de que, efectivamente, estaba acatarrada. Luego, desayunó sin prisas, se dirigió a una de las mejores tiendas de la ciudad, esperó a que abrieran, compró lo que necesitaba y se dirigió a la oficina del mismo modo en que había desayunado, para llegar tarde a propósito y dar la impresión de que había pasado una mala noche.

—¿Quiere que la ayude con la bolsa? —preguntó el portero del edificio.

–No, gracias –contestó ella, que no quería perderla de vista ni un momento.

Puestos a elegir, Felicia habría preferido enfrentarse a una horda de periodistas antes que volver al despacho del hombre que amaba; pero, cuando salió del ascensor, sonrió a Anu como si no pasara nada y preguntó:

–¿Está dentro?

–Sí, aunque se va dentro de un par de horas –contestó su compañera, que parecía angustiada–. De hecho, tengo un reportero al aparato... quiere saber si es cierto que vuelve a Zazinia. ¿Qué le digo? No quiero complicar las cosas a Kedah.

–Dile que, por motivos de seguridad, no puedes hablar de los movimientos de Su Alteza –contestó Felicia–. Y no te preocupes. Todo saldrá bien.

–¿Tú crees?

–Estoy segura.

–Tú no creciste en Zazinia. Nuestro pueblo siempre tuvo miedo de que pasara esto. No sabes de lo que son capaces.

Felicia comprendió en ese momento que Anu estaba al tanto de los rumores. Probablemente, toda la población del país los conocía.

–¿Cuándo has dicho que se va?

–Al mediodía. Pero no quiere que lo molesten.

–Pues lo voy a molestar, porque tengo que hablar con él.

Felicia llamó a la puerta del despacho y entró. Kedah, que estaba al teléfono, le hizo un gesto para que se sentara. Habló con alguien durante diez minutos, en árabe; y, cuando cortó la comunicación, preguntó:

–¿Te encuentras mejor?

Ella asintió.

–Sí.

–No esperaba que vinieras. No sabes cuánto me alegro de verte.

Felicia se maldijo para sus adentros, porque el afecto de Kedah le complicaba las cosas.

–He estado pensando. Llévame contigo a Zazinia.

–Felicia, voy a estar muy ocupado, y sabes tan bien como yo que no podremos estar juntos. Además, dijiste que no volverías nunca.

–Sé lo que dije, pero no espero unas vacaciones románticas –replicó–. ¿Te puedo hacer una pregunta?

–Naturalmente.

–¿Las cosas cambiarían realmente si estuvieras seguro de que eres hijo de Omar?

–Claro que sí. Pero estoy luchando a ciegas en ese aspecto. No tengo más opción que hablar con mi madre.

–Y eso no sería bueno para nadie.

–No.

–Lo cual nos lleva a la otra solución. Necesitas una prueba de ADN.

–Ya te he dicho que no puedo conseguir una muestra sin que Omar se entere. Pero los miembros del Consejo pedirán una, y lo sabrán antes que yo.

–Pues adelántate a ellos.

–¿Cómo? ¿Quieres que le explique la situación a mi padre?

Ella sacudió la cabeza.

–No, dudo que tu padre lo quiera saber. Solo se prestará a hacerse una prueba si el Consejo lo obliga

–respondió–. Sin embargo, le puedes pedir que vaya a tu despacho.

–¿Para qué?

Felicia abrió la enorme bolsa que llevaba y sacó una caja. En su interior, había una licorera preciosa, un par de copas y unos guantes blancos, de algodón.

–Tengo la solución perfecta. Solo tienes que conseguir que beba de una de estas copas. Me la llevaré, volveré a Londres en tu avión y haré la prueba que necesitas –dijo–. Tienes los resultados de la tuya, ¿verdad?

–Sí, pero ya sabes cómo están las cosas entre nosotros. No conseguiría que viniera a verme y, mucho menos, que se quede el tiempo suficiente como para ofrecerle una copa. Si le digo que quiero hablar con él, me pedirá que vaya a sus habitaciones.

–Salvo que tengas un buen motivo. Por ejemplo, una presentación que tienes preparada en tu despacho.

Kedah la miró con extrañeza.

–¿Qué tipo de presentación?

–La que has estado preparando durante años. Tus sueños para Zazinia. Tu visión. Todos los planes que has hecho.

–Te ordené que borraras ese archivo.

Felicia se encogió de hombros.

–¿Desde cuándo hago lo que me ordenan?

–Eres incorregible...

–Puede ser, pero me alegro de haber visto tus proyectos.

–¿Lo dices en serio?

–Sí –contestó ella–. Y al margen de la prueba de ADN, creo que tu padre debería verlos. Tiene que saber a quién va a apoyar como heredero o a quién va a rechazar.

Kedah no dijo nada. Se había acostumbrado a la otra Felicia, la de sus confesiones y noches de amor, y había olvidado que también era una profesional. Cuando se ponía con algo, lo hacía en serio.

–Enséñaselos –insistió ella–. Organizaremos una presentación en tu despacho y le diremos que vaya a verlo. Solo será una hora.

Kedah pensó que la idea de Felicia podía funcionar. Y, si funcionaba, sabría la verdad antes que el Consejo de Regencia.

–Diga lo que diga esa prueba, seguiré luchando por mi pueblo.

–Lo sé, pero será mucho más fácil si dejas a Mohammed en mal lugar.

–Solo lo dejaré en mal lugar si soy hijo del rey.

–¿Y si no lo eres?

–Lo asumiré. Sé afrontar la verdad, Felicia.

Felicia sabía que era sincero, y sopesó la posibilidad de decirle en ese mismo momento que se había quedado embarazada de él.

Pero no se lo dijo.

Antes de saber que iba a ser padre, necesitaba saber quién era su padre.


Esa vez, no hicieron el amor en el avión privado.

Además de editar la presentación para su padre, Kedah tenía que preparar el discurso que iba a pronunciar en el Consejo de Regencia. Y, en cuanto a Felicia, no sabía si sería capaz de acostarse con él sin confesarle sus propias verdades.

No solo sobre el bebé, sino también sobre sus sentimientos.

En consecuencia, se concentró en el trabajo y volvió a ser la Felicia que era antes de conocer al príncipe.

Cuando faltaba una hora para llegar a su destino, se levantó y se puso un vestido acorde a las costumbres de Zazinia. Tenía el corazón en un puño, y las manos le temblaban un poco. Tenía miedo de que Kedah entrara en el dormitorio y la quisiera tocar, porque tampoco sabía si podría resistirse.

Sin embargo, Kedah no entró.

Y no fue porque no lo deseara, sino por lo mismo que Felicia. Si entraba cuando se estaba vistiendo, acabarían en la cama y se olvidaría de todo lo demás, Zazinia incluida.

−¿Sigues preocupado? −preguntó ella cuando volvió con él.

−Ya sabes que yo no me preocupo nunca.

−Mentiroso.

−Yo no me preocupo, encuentro soluciones. Siempre he sabido que este día podía llegar, y estoy preparado para lo que sea −afirmó−. No me he hecho rico por casualidad. Al final, siempre salgo adelante.

Kedah estaba jugueteando con su diamante, y Felicia se lo quitó.

−Es exquisito −dijo.

−Cuando rechazaron mis primeros proyectos para Zazinia, hablé con Hussain. Como bien sabes, había estudiado Arquitectura con mi padre y, al decirle que no me dejaban hacer nada, declaró que mi padre había tenido el mismo problema y que no permitiría que la historia se volviera a repetir. Por entonces,

Hussain estaba trabajando en un proyecto para Dubái, y me invitó a hacerlo con él. Fue mi primer hotel.

–Y también fue un éxito, según tengo entendido.

–Sí que lo fue. Gané una pequeña fortuna con su venta, y me hizo mucha ilusión. Yo era un príncipe con mucho dinero, pero era la primera vez que me ganaba la vida por mi cuenta, y me sentí absolutamente libre. Me compré este diamante para tenerlo cerca y recordarme que, ocurra lo que ocurra, puedo encontrar mi propio camino.

–Hay gente que podría salir malparada, Kedah. Lo sabes, ¿verdad? Si Mohammed desacredita a tu madre...

–Soy consciente de ello, y espero que no llegue a tanto. Mi madre no lo soportaría. No es tan fuerte como la tuya.

Felicia volvió a mirar el diamante que tenía entre las manos. Nunca había pensado que su madre fuera fuerte. De hecho, muchas personas la consideraban débil y estúpida por haber apoyado a su esposo durante tanto tiempo.

–Cada vez que mi padre se iba de viaje, me pedía que cuidara de Rina, y tenía buenos motivos para ello –continuó Kedah–. Es una mujer maravillosa, pero muy frágil desde un punto de vista emocional. Siempre intentamos que no se entere de los problemas políticos de nuestro país, aunque hace muchas cosas buenas por él. Defiende a los pobres, y presiona a mi padre para que los ayude.

–Estás equivocado. Tu madre lo sabrá soportar.

Kedah frunció el ceño, preguntándose si no habría oído nada de lo que acababa de decir.

Pero lo había oído.

–Estará bien pase lo que pase –insistió Felicia–. A fin de cuentas, el rey está enamorado de ella. ¿O no?

–Por supuesto que lo está.

Felicia asintió, pensando que Rina era una mujer muy afortunada.

Kedah viajaba a menudo a su país. Generalmente, eran visitas cortas; pero tan frecuentes que, cuando bajó del avión, sabía lo que podía esperar.

O eso creía, porque se encontró ante algo inesperado.

El aeródromo de palacio estaba rodeado de personas que lo aplaudían y vitoreaban. Querían que gobernara el país, y se habían reunido para hacer saber al Consejo del Regencia que el pueblo lo apoyaba.

–¡Kedah! ¡Cuánto me alegro de verte! –dijo Rina, dándole un abrazo–. Pero ¿por qué has vuelto tan pronto?

–Porque el Consejo quiere nombrar príncipe heredero a Mohammed, y ha llegado la hora de que intervenga –respondió él–. Pero discúlpame, mamá, tengo mucho trabajo que hacer. Estaré en mis aposentos.

Omar se acercó entonces a saludar a su hijo.

–Kedah...

–Tenemos que hablar.

–Sí, yo también quería hablar contigo. Si puedes venir a mi despacho...

Kedah sacudió la cabeza.

–Prefiero que nos reunamos en el mío. Quiero enseñarte una cosa –dijo, tajante–. Estará preparada dentro de quince minutos.

Kedah ni siquiera se giró para decirle a Felicia

que lo siguiera. Se lo ordenó en tono brusco y, tras dedicar una pequeña reverencia a sus padres, se dirigió a la escalinata de palacio, con ella a poca distancia.

Al llegar arriba, tomaron un largo corredor y siguieron adelante hasta llegar a su destino. Una vez dentro, él cerró la puerta y conectó el proyector al ordenador mientras Felicia se ponía los guantes blancos y preparaba la licorera y las copas que había comprado.

—Si pide una segunda copa, no se la sirvas tú. Deja que se la ponga él —dijo—. No queremos que contamines la muestra.

—No permitiría que se la sirviera yo. Llamaría a un sirviente. Es el rey.

Ella pensó que Kedah se estaba preocupando sin motivo. Estaba segura de que, cuando Omar viera la presentación, le gustaría tanto que se quedaría tan absorto como ella, lo cual le impediría llamar a nadie si le apetecía otra copa.

—¿Estás nervioso?

Felicia lo preguntó por preguntar, porque no creía que Kedah pudiera estar nervioso. Pero se llevó una sorpresa.

—Sí.

Su sinceridad la desarmó de tal modo que se acercó a él y lo abrazó. Kedah respiró hondo y le acarició el cabello mientras ella apoyaba la cabeza en su pecho.

—Saldrá bien. No te preocupes.

—Me gustaría estar tan seguro como tú, pero es la primera vez que alguien va a ver mi trabajo —replicó.

—Bueno, puede que yo no te parezca nadie, pero te recuerdo que lo he visto. Y me pareció maravilloso.

Kedah estuvo a punto de decir que lo había interpretado mal, y que no estaba insinuando que ella no fuera importante. Sin embargo, se lo calló porque cayó en la cuenta de que su recriminación tenía parte de verdad. Y Felicia no era una persona normal y corriente. Felicia era muy importante para él.

–¿Lo viste entero?

–Sí.

–¿Y qué te pareció?

–¿Quieres que te sea sincera?

–Claro.

–La primera vez, abrí el archivo por equivocación. Pero lo he visto muchas veces desde entonces –dijo ella–. Tus diseños son impresionantes.

–¿Impresionantes? En cierta ocasión, dijiste que mi trabajo era impersonal –le recordó Kedah con una sonrisa.

–Pero tu visión de Zazinia no lo es.

Si hubiera podido, Kedah la habría besado. Lamentablemente, los guardias de palacio llamaron a la puerta en ese momento, y no tuvieron más remedio que separarse.

Felicia corrió a la mesa y volvió a comprobar la conexión del proyector. Kedah se dirigió a la puerta para recibir a Omar, que apareció instantes después.

–Gracias por venir –le dijo–. Quiero que veas una cosa.

–No antes de que elijas de una vez –replicó su padre, que dejó un montón de papeles y fotografías sobre la mesa–. Es una lista de novias.

Omar, que ni siquiera había reparado en la presencia de Felicia, habló a su hijo en árabe. Kedah sabía que Felicia no entendía su idioma y que no se enteraría de nada; pero no quería tratar ese asunto delante de ella, así que dijo:

–¿Nos puedes dejar a solas?

–Por supuesto.

Felicia se marchó y cerró la puerta.

–Si elijo novia, ¿tendré tu apoyo en el Consejo de Regencia? –preguntó entonces Kedah.

Su padre no contestó.

–Necesito estar seguro de que, cuando esté casado, tendré tu aprobación para llevar a cabo los cambios necesarios –continuó Kedah.

–Lo primero es lo primero –dijo Omar.

–¿Eso es lo que tu padre te dijo a ti? ¿Que hablaríais después de que eligieras novia y le dieras un heredero?

Omar volvió a guardar silencio.

–Te lo pregunto porque no has cambiado nada en nuestro país. O, por lo menos, no has cambiado gran cosa.

–Eso no es cierto. Mejoré el sistema educativo.

–No tanto como te habría gustado –le recordó Kedah.

Omar suspiró.

–El rey no quería cambios, Kedah.

–Pero ahora, el rey eres tú –repuso su hijo–. Siéntate, por favor.

Kedah corrió las cortinas y se acomodó junto a su padre para ver juntos la presentación de sus proyectos.

Omar no hizo ningún comentario durante los primeros minutos, pero alcanzó su copa y bebió un poco. Y de repente, Kedah comprendió que no estaba tan interesado en obtener una muestra de ADN de su padre como en conocer su opinión sobre lo que estaba viendo.

Felicia tenía razón. Omar tenía que verlo.

Y lo vio todo.

Las carreteras, los puentes, los nuevos accesos a los alejados barrios del oeste, donde vivían los más pobres. Los colegios, los hospitales, las piscinas públicas y, por supuesto, también los hoteles, los restaurantes y los cafés.

Y Omar seguía sin abrir la boca.

Sin embargo, bebió muchas veces durante la presentación, que duró una hora. Y, cuando terminó, fue él quien se levantó del sillón, se acercó al balcón y abrió las cortinas al brillante sol de la mañana.

–Esto es lo que estás negando a nuestro pueblo –dijo Kedah, mientras su padre contemplaba el desierto–. Es perfectamente posible, pero no has hecho nada.

–Kedah...

–No, no has hecho nada –insistió él–. Y ahora, mírame a la cara y dime que Mohammed sería mejor rey que yo.

Omar no lo dijo.

–Mírame y dime que no quieres un futuro mejor para Zazinia.

–Basta, Kedah. No sigas.

Su hijo no le hizo caso.

–Cuando tenía dieciocho años, te dije que no me podías obligar a elegir esposa, y eso no ha cambiado. No haré nada que no quiera hacer. Si prefieres que me vaya y renuncie al trono, dímelo; pero deja de fingir que tu decisión está relacionada con mi soltería.

El rey se dio media vuelta y salió de la habitación, dejando profundamente frustrado a su hijo. Le había enseñado su visión de Zazinia. Le había enseñado todo lo que podían conseguir si se lo permitía. Y él no había dicho nada.

Felicia se sobresaltó cuando el rey salió del despacho de Kedah a toda prisa y cruzó la misma estancia en la que Kedah se había escondido cuando tenía tres años. La misma que ella cruzó momentos después en dirección contraria.

–¿Qué tal ha ido?

Kedah se encogió de hombros.

–Supongo que mal.

–¿No ha bebido nada?

Kedah parpadeó. Había olvidado que el motivo principal de la reunión con su padre no era la presentación, sino la muestra de ADN. Y, cuando miró su copa, vio que estaba vacía. Se había bebido todo el contenido.

–Me refería a mis proyectos –dijo–. Omar no cambiará nunca de opinión.

Felicia se puso los guantes, alcanzó la copa, la metió en una bolsita transparente y, tras cerrarla, la guardó en el bolso.

Justo entonces, vio las fotos de la mesa y pensó que alguna de esas bellezas de ojos oscuros estaba destinada a ser la esposa de Kedah. Pero él, que seguía frustrado por la actitud de Omar, no se dio cuenta.

–¿Por qué estoy luchando? –se preguntó en voz alta–. ¿Soy el único que quiere cambios?

–Tu pueblo también los quiere. ¿No has visto cómo te aplaudían?

Kedah se dijo que era verdad. No se estaba engañando a sí mismo.

Una vez más, Felicia le había devuelto la esperanza.

–Creo que voy a hablar con Mohammed –dijo.

–Bien pensado. Yo volveré a Londres y me encargaré de lo demás. En cuanto aterrice, enviaré la muestra al laboratorio –le informó ella–. Te llamaré cuando tenga los resultados.

Felicia pensó que no volvería nunca más a Zazinia. Kedah estaba a punto de elegir novia, y ya no la querría a su lado.

–No te vayas –dijo él.

Su petición la sorprendió, pero no tanto como el hecho de que se acercara a ella y la tomara entre sus brazos. Evidentemente, estaba a punto de besarla. Y, si la besaba, perdería el aplomo y se derrumbaría.

–Me tengo que ir.

–No, todavía no.

Kedah la besó, y ella cerró los ojos con todas sus fuerzas para no llorar.

–Aquí no... –acertó a decir.

–Sí, aquí sí.

Él no quería que se fuera. No sabía lo que iba a pasar, pero sabía que necesitaba un sorbo de la belleza que habían creado, así que hizo lo que Abdal debería haber hecho en esa misma estancia: acercarse a la puerta y echar la llave.

Luego, se quitó la cimitarra y el cinto y caminó hacia ella mientras se desabrochaba la túnica. Al llegar a su altura, le levantó las faldas del vestido, desgarró sus braguitas y cerró las manos sobre sus nalgas. Felicia se odió por desearlo tanto, pero permitió que la sentara en la mesa, junto a las fotografías de las pretendientes que Omar le había propuesto.

Quería hacer el amor con él, y lo demás le importaba muy poco.

Kedah la penetró con una acometida profunda, y ella apoyó la espalda en la mesa y cerró las piernas alrededor de su cintura. Se movían con desesperación, como si no hubiera un mañana. Era algo intenso, rápido y tan potente que Felicia tuvo que morderse el labio inferior para no gritar de placer.

Habría dado cualquier cosa con tal de que aquello no acabara nunca. Pero todo tenía un final, y su momento de amor también lo tuvo.

—Felicia... —susurró él cuando llegaron al orgasmo.

Ella se apartó rápidamente y se bajó las faldas del vestido. Ahora solo quería subirse al avión y volver a Londres. Necesitaba pensar, aclararse las ideas.

—Será mejor que me vaya.

—Sí, supongo que sí. Pero antes...

—Kedah, el avión está esperando. Tengo que enviar la prueba al laboratorio. De lo contrario, no tendremos los resultados a tiempo.

—¿No puedes dejar de pensar en el trabajo?

—Tú eres un trabajo, Kedah.

Felicia sacó un espejo del bolso y se cepilló el cabello con nerviosismo.

—Si todo sale bien, pasaré mucho más tiempo en Zazinia —dijo él—. Necesitaré una persona que me ayude con mis inversiones internacionales, y habrá un puesto para una ayudante ejecutiva que...

–¿Ayudante ejecutiva? –preguntó ella, indignada con lo que estaba insinuando–. Querrás decir «querida» ejecutiva.

–Felicia, yo...

–Tengo que irme.

Felicia dijo la verdad. Tenía que irse, pero no solo por la prueba. Se conocía bien a sí misma, y sabía que, si no se iba de inmediato, terminaría por aceptar su oferta.

–Me voy, Kedah –insistió.

–De acuerdo.

–Espero que el resultado de la prueba sea acorde a tus intereses. Además, ya no tengo nada que hacer. Mi trabajo ha terminado.

Él sacudió la cabeza.

–No, no ha terminado. Estarás en la oficina mañana por la mañana, como siempre. Te contraté para que cuidaras de mi gente –dijo–. Esto ha sido... un favor personal. Y no sabes cuánto te lo agradezco.

Ella no dijo nada.

–Confío en ti, Felicia.

Al oír esas palabras, Felicia pensó que Kedah iba a añadir una advertencia sobre lo que le pasaría si traicionaba su confianza. Pensó incluso que la iba a amenazar. Pero no añadió nada más.

–Ojalá que todo salga bien.

Él se mantuvo en silencio, y ella se preguntó si verdaderamente quería que todo saliera bien. No le convenía en absoluto. Si seguía siendo príncipe heredero, lo perdería para siempre. Y, sin embargo, lo deseaba de verdad.

Sencillamente, quería lo mejor para él.

–Ah, Kedah... no sé si servirá de algo, pero recuerda que luchar contra la opinión pública es bastante difícil.

Kedah frunció el ceño.

—¿A qué te refieres?

—A que los ciudadanos de Zazinia estaban al tanto de los rumores sobre tu madre, pero han ido al aeropuerto a mostrarte su apoyo. Pase lo que pase, debes seguir luchando.

Cuando salió del despacho, Felicia vio que Mohammed estaba al final del pasillo, hablando con Kumu. Al darse cuenta de que caminaba hacia ellos, el hermano de Kedah se fue, dejando sola a su esposa.

—¿Te vas? —se interesó Kumu.

La mujer de Mohammed había oído que el avión de Kedah estaba preparado para despegar, y decidió preguntar a Felicia porque su marido le había pedido que averiguara por qué.

—Sí —contestó Felicia con una sonrisa—. Y debo decir que es un alivio.

—¿Un alivio? —dijo Kumu, frunciendo el ceño.

—Siempre tengo miedo de decir algo inadecuado.

—¿Algo inadecuado?

Felicia suspiró.

—Tú estás acostumbrada a la realeza, pero para mí es algo nuevo. Me preocupa la posibilidad de meter la pata. El rey ha sido muy amable conmigo, y parece encantador... solo hay que ver lo mucho que quiere a su esposa —comentó—. No me gustaría ofenderle, como hacen otros. A fin de cuentas, es el soberano de Zazinia.


Kedah salió del despacho a tiempo de ver el final de la conversación de Kumu y Felicia, y sintió curiosidad.

Pero justo entonces, Felicia se fue escaleras abajo, tan sonriente como de costumbre. En cambio, Kumu se quedó con aspecto preocupado y algo perplejo.

Al reparar en su presencia, la esposa de Mohammed se fue rápidamente. Sin embargo, Kedah no estaba interesado en ella, sino en Felicia.

Su esbelta figura lo excitó, aunque ya estaba bastante lejos. Segura de sí misma, se dirigió a la entrada principal e hizo un gesto a los guardias de palacio para que le abrieran la puerta. Kedah sabía que llevaba la copa en el bolso, y que esa copa le podía dar la respuesta que necesitaba; pero ya no estaba pensando en eso.

Sí, tenía que elegir novia; y por la reacción de Felicia, no había duda alguna de que su relación había terminado.

Pero ¿quería él que terminara?


–¿Felicia?

Felicia se giró al oír la voz de la reina, que se había acercado a ella en el preciso momento en que se disponía a subir al coche.

–Su Majestad...

–¿Ya te vas?

–Sí, Kedah me necesita en Londres.

La reina no dijo nada, pero frunció el ceño. Desde su punto de vista, Kedah necesitaba estar con alguien que lo apoyara; alguien que estuviera a su lado cuando se reuniera el Consejo de Regencia.


Felicia se sintió rara cuando subió al avión. Había viajado mucho durante los meses anteriores, pero casi siempre con Kedah; y ahora, todo parecía desolado.

Como lo estaría su vida a partir de ese momento.

–Vamos a tardar un poco en despegar –le informó la azafata–. La torre de control nos ha pedido que esperemos, pero no será mucho.

Felicia, que estaba a punto de derrumbarse, replicó:

–Estaré en el dormitorio. Avíseme cuando tengamos pista libre.

Felicia entró en la habitación, se tumbó en la cama y empezó a llorar, sin saber que la orden de espera no procedía de la torre de control, sino de un príncipe heredero que no quería que se marchara.

Kedah la necesitaba a su lado, y llegó a considerar la posibilidad de pedirle a otra persona que fuera a Londres y llevara la muestra al laboratorio. Pero implicar a un tercero era demasiado arriesgado, así que optó por una solución intermedia y se presentó en el avión en plena crisis nerviosa de Felicia.

Afortunadamente, la azafata la llamó por el sistema de comunicación interno para avisarle de la presencia del príncipe, lo cual le dio el tiempo justo para secarse las lágrimas.

–Hola, Felicia –dijo Kedah al entrar.

–¿Qué quieres?

Kedah estuvo a punto de ponerse romántico, e incluso a punto de decirle la verdad: que no podía estar lejos de ella. Pero al oír su voz, se dio cuenta de que la dura y segura Felicia había estado llorando.

Y, si había estado llorando ese día, ¿cuántas veces más habría llorado?

–¿Tardarán mucho en tener los resultados?

Felicia frunció el ceño. ¿Por qué le preguntaba

eso? Lo sabía de sobra. Lo habían hablado varias veces.

–Estarán mañana por la mañana –contestó–. En cuanto los tengan, enviarán un mensajero a tu oficina. Saldremos de dudas a mediodía, hora británica.

Por la diferencia horaria con Zazinia, eso significaba que Kedah tendría los resultados horas antes de la reunión del Consejo de Regencia, pero también horas antes de que eligiera novia.

–Felicia...

–Creo que estamos a punto de despegar –mintió ella–. Si quieres decir algo, dilo deprisa.

# Capítulo 13

KEDAH estaba acostumbrado a que las mujeres se enamoraran de él.

En cambio, no estaba tan acostumbrado a que lo abandonaran.

Cuando bajó del avión y volvió al despacho donde habían hecho el amor, vio las fotos de sus pretendientes y comprendió que ella también las había visto. Pero ¿qué habría sentido al mirar sus caras? ¿Le habría molestado?

Felicia sabía que se iba a casar. Lo sabía desde el principio, y no le había importado mucho.

Sin embargo, Kedah tuvo la seguridad de que ahora le importaba, y hasta se preguntó si no habría hecho el amor con tanto apasionamiento precisamente por eso.

Durante unos minutos, sintió la tentación de regresar al aeropuerto y usar uno de los aparatos de la Casa Real para estar en Londres cuando ella aterrizara. Tenían que hablar. Tenía que saber por qué había estado llorando.

Al final, salió de palacio y se puso a caminar por la playa, buscando un poco de soledad.

Siempre había querido ser rey. Se había preparado para serlo desde su infancia. Y justo en ese momento, cuando necesitaba estar completamente concentrado

en la batalla política por el futuro de su país, perdía
el interés y se dedicaba a mirar el cielo en busca del
avión que se había llevado a su amante.

Aquella mujer había cambiado su vida. Se había
ganado un hueco en su corazón, y era tan grande que
ya no sabía vivir sin ella.

¿Qué significaban sus lágrimas? ¿Se habría enamorado de él, como él de ella?

Y en ese caso, ¿qué debía hacer?


Omar estaba en su despacho, contemplando el
paisaje y pensando en la presentación que acababa
de ver cuando distinguió la silueta de Kedah en la
playa. Siempre había sido un hombre impresionante,
pero esa vez no caminaba con seguridad, sino con pe-
sadumbre; y en lugar de mirar hacia delante, miraba
el cielo.

El rey no se giró cuando la reina entró. Su vista
siguió clavada en su pensativo hijo mayor, que parecía llevar un peso terrible sobre los hombros.

Kedah era el legítimo heredero, y Omar lo sabía
de sobra.

Sí, todo sería más fácil si se doblegaba a los deseos de los ancianos del Consejo y nombraba heredero a Mohammed. Pero esa decisión sería un error.

–Felicia se acaba de ir –dijo Rina.

–¿Felicia? –preguntó su esposo, sin saber a quién
se refería.

–Kedah dice que es su ayudante personal, pero es
mucho más.

–De eso no puede salir nada bueno. Tiene que
casarse con una mujer adecuada para él.

Rina le puso una mano en el hombro.

–Estoy segura de que hubo gente que dijo lo mismo de mí. Tampoco me consideraban adecuada –replicó.

–Pero tú eres una gran reina.

–Ahora sí.

Omar se acordó de que Felicia estaba en el despacho cuando llevó las fotos de las pretendientes de Kedah, y lamentó haber mencionado el asunto delante de ella. Si sabía hablar árabe, se habría llevado un disgusto.

–Kedah me ha enseñado los proyectos en los que ha estado trabajando. Son magníficos. Tiene mucho talento.

–Como tú.

–Sí, pero yo no fui capaz de enfrentarme a mi padre. Aunque huelga decir que entonces no existían los medios técnicos necesarios para hacer una presentación como la que me ha enseñado a mí.

–Tu padre no te habría escuchado en ningún caso –le recordó su esposa–. Lo intentaste. Hiciste todo lo posible.

Omar asintió.

–Y un día, dejaste de intentarlo.

–Me concentré en las cosas que podía cambiar –dijo Omar–. Quería que mi esposa fuera feliz, y no lo eras.

–Pero ahora lo soy, y tu amor me ha hecho más fuerte –declaró Rina–. Habla con Kedah, Omar. Habla ahora con él, antes de que sea demasiado tarde. Y apóyalo sin reservas.

Rina se quedó en el despacho cuando Omar se fue. Era consciente de que su esposo y su hijo mayor intentaban protegerla de su pasado, pero eso era menos importante que el bienestar de su pueblo.

Además, no había mentido.

El amor de Omar la había hecho más fuerte, y nadie le podía quitar eso.

Siempre tendría su amor. Aunque las leyes de Zazinia estuvieran por encima de su marido y lo obligaran a divorciarse de ella.


—¿Kedah? ¿Te importa que camine contigo?

Kedah se sorprendió al ver a su padre en la playa, pero contestó:

—Por supuesto que no.

—Tu presentación me ha dejado mudo. Sobre todo, los murales que has proyectado para las murallas orientales. Quedarían preciosos.

—Y contarían la historia de nuestro país. Aunque tendríamos que cerrar temporalmente la zona para hacer la obra.

—Oh, vamos, eso carece de importancia. Zazinia tiene un montón de normativas sin sentido alguno, que se aprobaron en otros tiempos, cuando corríamos el peligro de que nos invadieran. Se lo dije a mi padre hace años, pero sobra decir que no me hizo caso.

Kedah soltó una carcajada.

—Supongo que has salido a mí —continuó Omar—. Cuando miro tus proyectos, me veo a mí mismo.

—¿Que yo he salido a ti? —preguntó Kedah, extrañado—. No nos parecemos nada.

—Físicamente, no. Pero pensamos del mismo modo.

Kedah no le creyó. Siempre lo había tenido por un hombre rígido y anticuado.

Pero Omar insistió.

–Hiciste bien al enfrentarte a mí. Cuando estudié Arquitectura, tenía grandes planes. Mi padre me prometió que me escucharía si me casaba, y volví de mi luna de miel con la cabeza llena de sueños. Tu madre ya estaba embarazada de ti, ¿sabes? Recuerdo que paseábamos por esta misma playa, hablando de los edificios que iba a construir. Eran tiempos emocionantes. La gente estaba esperanzada. Pero mis sueños murieron enseguida.

–¿Por qué?

–Porque mi padre impuso sus normas.

Los dos hombres se detuvieron un momento. El viejo rey había fallecido tiempo atrás, pero el simple hecho de mencionarlo arrojaba una sombra sobre todo.

–Siempre me había dicho que podría hacer muchas cosas cuando me casara y me nombrara heredero al trono. Así que me casé, claro. Y elegí a una mujer de un país progresista.

–¿Solo por eso? ¿Por ser de un país progresista? –preguntó Kedah.

–No, claro que no –dijo Omar–. Pero mi padre me engañó, aunque tardé unos meses en darme cuenta. Yo era joven y orgulloso, y había prometido muchas cosas a Rina... ella había crecido en un lugar más moderno, y yo quería lo mismo para Zazinia. Por supuesto, presioné a mi padre para que aceptara mis ideas. Viajaba con él muy a menudo, intentando que cambiara de opinión. Y solo conseguí que tu madre se sintiera abandonada.

Omar se sumió en un profundo silencio, que Kedah rompió.

–Bueno, eso es agua pasada. Ahora sois felices –dijo.

–Sí, nos ha costado mucho, pero lo somos –declaró Omar–. Sin embargo, entonces estaba tan centrado en mis problemas que olvidé que Rina se encontraba sola en un país extranjero, sin nadie que la escuchara.

Kedah no dijo nada, pero pensó que había una persona que la escuchaba: Abdal.

–¿Cuándo te diste cuenta de que estabas enamorado de ella?

Su pregunta iba mucho más allá de la curiosidad natural por el matrimonio de sus padres. Se había enamorado, y ya no se imaginaba una vida sin Felicia. Echaba de menos sus conversaciones, sus risas, sus disputas; cosas que no podía hacer con nadie más. Pero cada minuto que pasaba se hallaba más lejos de él.

–¿Cuándo? –dijo Omar, que se lo pensó un momento–. Supongo que fue cuando estaba a punto de perderla para siempre. Quizá no lo sepas, pero tu abuelo no era partidario de tu madre. Habría preferido que me casara con otra.

Kedah pensó que su padre estaba en lo cierto, y que quizá no fueran tan distintos como creía. Hasta empezó a entender lo que había pasado entre Omar y Rina, lo cual lo llevó a comprender mejor a su madre.

Sin embargo, su madre no necesitaba que él la perdonara. Si estaba buscando un perdón, era el del hombre al que estaba mirando en ese momento.

–Sí, tuve miedo de perderla –prosiguió Omar, sombrío–. Y también tuve miedo de lo que le pudiera pasar.

Kedah asintió. Nunca había admirado más a su padre. Sabía que se había portado mal con Rina, y había tenido la fortaleza de carácter necesaria para reconocer su error, asumir lo sucedido y seguir amando a su esposa.

—¿Cómo resolviste tu problema? —le preguntó, buscando consejo sobre los suyos.

—Aceptando la realidad y concentrándome en mi familia. Perdí el tiempo con mi padre y os abandoné a Rina y a ti.

Kedah guardó silencio.

—Tus planes para Zazinia se parecen mucho a los que yo tuve. Fracasé porque nadie me quiso apoyar, y no quiero que tú sufras el mismo destino. Tu presentación me ha devuelto el coraje que perdí. Nuestro país necesita cambios, y sé que podemos cambiarlo si trabajamos juntos. Pero Mohammed y el Consejo nos lo van a poner muy difícil.

—El rey eres tú —le recordó Kedah.

—¿Olvidas el asunto de tu madre?

—No, no lo olvido. Pero la protegeremos.

Esa vez fue Omar quien guardó silencio.

—Solo te pongo una condición, padre.

—¿Cuál?

—Que me permitas elegir a la mujer que quiera.

—¿No podrías esperar hasta después de la reunión?

Omar lo preguntó porque estaba seguro de que su hijo elegiría a Felicia, lo cual complicaría las cosas si lo anunciaba antes de la reunión del Consejo. Pero Kedah ya había tomado una decisión, así que se despidió de su padre y volvió a palacio.

Minutos después, vio a Mohammed en compañía de Fatiq y se acercó a ellos.

–Tenemos que hablar, hermano –le dijo–. ¿Nos disculpas, Fatiq?

–Si tienes algo que decir, dilo delante de él –replicó Mohammed.

–Está bien, como quieras.

El tono de Kedah fue tan amenazador que Mohammed llevó una mano al pomo de su cimitarra.

–El pueblo me apoya –continuó–. Si me obligas, convocaré un referéndum para que elijan al príncipe heredero. Y sé que ganaré.

–Y, si tú me obligas a mí, sacaré a la luz...

–¿Qué sacarás a la luz? ¿Una prueba de ADN inventada? –lo interrumpió Kedah–. La historia de nuestro país es mucho más importante que eso. Nací para ser rey, me educaron para ser rey y, si es necesario, pediré su opinión al pueblo. Pero nuestro padre me va a apoyar en la reunión de mañana, y espero que también anuncie el nombre de mi prometida: Felicia.

Mohammed entrecerró los ojos.

–El Consejo no la aceptará nunca.

–No tendrán más remedio, porque pienso apoyar a esa mujer –intervino Omar, que apareció de repente–. Por cierto, vuestra madre está a punto de llegar.

La advertencia del rey se cumplió segundos después, cuando aparecieron Rina y Kumu.

–Tu padre me ha dicho que tienes una noticia que darnos –declaró Rina.

–Eso espero. Todavía no he hablado con ella –dijo Kedah.

–¿Estás seguro de lo que haces? –preguntó Kumu–. Felicia no sabe nada de Zazinia.

–Felicia entiende a la gente –afirmó Kedah–. No necesita nada más.

–Y el pueblo será feliz si su príncipe heredero es feliz –dijo Rina, sonriendo–. Solo os pido que os caséis aquí.

–Como ya he dicho, aún no he hablado con ella. Es pronto para hacer planes.

–Nunca es demasiado pronto –opinó Rina.

–Eso es cierto –sentenció el rey, quien tomó de la mano a su esposa–. Pero, si alguien tiene algo que decir en contra de esa boda, que lo diga ahora o calle para siempre.

Omar pronunció esas palabras mirando a Mohammed, y las pronunció en tono de desafío.

Kedah pensó que su padre era un gran hombre. Y lo pensó en esos mismos términos, porque ahora estaba convencido de que, efectivamente, era su padre.

No necesitaba pruebas de ADN para saberlo.

–¿Y bien, Mohammed? ¿Tienes algo que decir? –insistió el rey.

Mohammed se limitó a parpadear, mudo.

Kumu tomó a su esposo del brazo y dijo:

–Anda, ven conmigo. Los niños nos están esperando.

Mohammed no se movió. Estaba tan sorprendido que se quedó plantado en el sitio y, al final, fue Kedah quien se marchó.

No le interesaba lo que su hermano pudiera decir, si es que llegaba a decirlo.

Tenía cosas más importantes que hacer.

# Capítulo 14

EL VIERNES por la mañana, Felicia se puso un traje gris y se dirigió a la oficina como de costumbre. La muestra de ADN estaba en el laboratorio desde la noche anterior, y solo quedaba esperar. Pero no fue a trabajar porque necesitara el dinero, sino porque era lo que quería hacer. Su trabajo le gustaba. Y Kedah seguía siendo su jefe.

Sí, su jefe.

Contra todo pronóstico y para su propia sorpresa, se había convertido en una ayudante personal de primera categoría.

Antes de llegar al edificio, repasó las cosas que tenía que hacer: primero, hablar con el gerente del hotel de Dubái; después, conseguir que el contratista del príncipe firmara unos documentos y, más tarde, a las diez, reunirse con Vadia.

No se había puesto el traje gris por casualidad. Normalmente, solo se lo ponía cuando tenía que asistir a un juicio; pero sospechaba que el día iba a ser difícil, y quiso dar una imagen sobria. De hecho, sus sospechas resultaron ser ciertas: la prensa se había enterado de lo que pasaba, y la calle estaba llena de periodistas.

Por fin, después de tres meses de trabajo, podía hacer lo que mejor se le daba. Kedah la había contratado por eso, y se plantó ante las cámaras con toda la tranquilidad del mundo.

–¿Sigue adelante el nuevo hotel de Dubái?

–¿Cómo afectará esto a la delegación europea de su empresa?

–¿Es cierto que el príncipe se va a apartar de la carrera sucesoria?

–¿El Consejo le va a retirar su confianza?

Los periodistas la acribillaron a preguntas, y Felicia los escuchó, les dedicó la mejor de sus sonrisas y dijo:

–Responderé a todas sus dudas, pero hagámoslo por turnos, por favor. Y ahora, empezando por la primera, precisamente me dispongo a hablar con el contratista del nuevo hotel... Sí, por supuesto que el proyecto sigue adelante. Será una hermana del edificio que ya conocen.

–¿Una hermana? –se interesó un reportero.

–Así es. En principio, iba a ser muy parecido al anterior; pero el príncipe ha optado por una solución distinta, y tengo entendido que no estará pensado específicamente como centro de negocios, sino como lugar de asueto y vacaciones –contestó–. ¿Siguiente pregunta?


Kedah vio la transmisión en directo de la pequeña rueda de prensa, y pensó que había acertado al contratar a Felicia. Sus empleados no podían estar en mejores manos. Contestó a todas las preguntas con encanto y profesionalidad, disipando las sombras que se cernían sobre su imperio económico. Pero faltaba la más difícil de todas, que llegó al final.

–¿Es cierto que el príncipe anunciará su boda este viernes?

Kedah miró a Felicia con detenimiento, por ver si vacilaba.

Y no vaciló.

–Discúlpenme, pero no puedo hacer comentarios sobre la vida personal del príncipe sin su autorización.

–Oh, vamos, seguro que sabe algo...

–Solo soy su ayudante personal –dijo Felicia, sonriendo–. No me mantiene informada de esas cosas.

Contestada la pregunta, Felicia se despidió de los periodistas y entró en el edificio tras guiñar un ojo al portero, que parecía inmensamente aliviado.

En cambio, Anu no estaba tan tranquila cuando se encontraron en el despacho. Su compañera estaba llorando, y Felicia supo entonces que Kedah no la había contratado únicamente para que le quitara de encima a la prensa, sino también para que cuidara de sus empleados.

–No te preocupes, Anu. Kedah estará bien.

–Sí, he oído lo que has dicho. Pero ¿qué pasará si eligen a Mohammed? Zazinia necesita a Kedah. Todos queremos que sea rey. Lo queremos desde que era un niño, y ahora lo queremos más que nunca.

Felicia pensó que ella también lo quería y, precisamente por eso, a pesar de estar destrozada, se puso a trabajar. Escribió mensajes, habló con el gerente y con el contratista, contestó llamadas y hasta mantuvo el aplomo cuando Vadia le clavó un puñal por videoconferencia.

–Decida lo que decida el Consejo, el príncipe anunciará el nombre de su prometida esta misma noche –declaró.

Felicia tuvo que hacer un esfuerzo para no hundirse del todo. Pero se hundió un poco más al cabo de un rato, cuando apareció un mensajero con un sobre amarillo y le pidió que firmara el acuse de recibo.

Tras firmarlo, se secó las lágrimas que se habían formado en sus ojos, se pintó los labios y llamó al teléfono móvil de Kedah.

—Ya tengo los resultados de la prueba —le informó.

—¿Qué estás haciendo? ¿Qué tal te ha ido?

—No del todo mal. Había muchos periodistas, y he estado a punto de sufrir un ataque de pánico. Pero ya estoy mejor.

—Excelente.

—¿Cuándo se reúne el Consejo?

—Dentro de una hora —contestó Kedah—. Pero, cambiando de tema, ¿qué le dijiste a Kumu cuando te cruzaste con ella? No es la misma desde entonces.

Felicia soltó una carcajada.

—Me limité a decirle que, por muy buena persona que sea tu padre, sigue siendo un rey que ama a su esposa. Y añadí que, si yo estuviera en los zapatos de ciertas personas, haría lo posible por no ofender a Omar.

Él también se rio. Y luego, se puso muy serio.

—¿No has abierto el sobre?

—No, estaba esperando a hablar contigo.

Felicia dejó el auricular en la mesa, conectó el manos libres y abrió el sobre. Momentos después, llegó la noticia que Kedah estaba esperando.

—Felicidades, Alteza —dijo ella, que se alegró sinceramente por él—. Omar es tu padre biológico. Y ahora que ya lo sabes, acaba con ellos.

—Felicia...

–Tengo que dejarte, Kedah.

–Quiero hablar contigo de otra cosa.

–Lo siento, pero ahora no puedo hablar. Adiós.

Felicia cortó la comunicación y rompió a llorar. Pero no tuvo miedo de que Anu oyera sus sollozos, porque estaba tan angustiada que lloraba en silencio, sin hacer ningún ruido.

Y, al cabo de unos instantes, la puerta se abrió.

–Hola, Felicia.

Ella se quedó atónita al ver al recién llegado. Y, como no podía ocultar sus lágrimas, corrió hacia él y lo abrazó.

–¿Qué estás haciendo aquí? –acertó a preguntar–. ¿Cómo es posible? Acabo de hablar contigo...

–Lo sé –contestó él con una sonrisa–. Pero, como ves, no estaba en Zazinia, sino aquí mismo.

–¿No deberías estar en tu país?

–No, mi padre se encargará del Consejo. Aquí me necesitan más.

Kedah la besó apasionadamente, y ella deseó que no dejara nunca de besarla. Pero tenían cosas que hablar.

–¿También estabas llorando cuando te llamé y me dijiste que te habías acatarrado?

Felicia asintió.

–He hablado con mi padre. Le he dicho que ya he elegido novia.

Súbitamente, Kedah sacó el diamante que llevaba en el bolsillo y añadió:

–Lo llevaré a un joyero para que lo monte en un anillo. Un anillo que llevarás tú.

–¿Yo?

–Sí, tú, porque quiero casarme contigo.

Felicia no se lo podía creer. Y, en su sorpresa, le hizo una confesión terrible:

–¿Sabes una cosa? Estaba deseando que no fueras hijo de Omar. Lo deseaba porque era la única forma de que nuestra relación pudiera seguir adelante.

–Lo comprendo perfectamente, Felicia. Pero, ya que estamos de confesiones, te haré yo una: que tu amor es lo más importante para mí, por encima incluso de ser rey.

–Oh, Kedah, no sabes lo que dices... Hay algo que no te he contado. Algo que podría desencadenar un escándalo.

–¿Un escándalo?

–Estoy embarazada –anunció Felicia.

Kedah la miró con intensidad y sonrió de oreja a oreja.

–¿En serio?

–Sí. Y cuando la gente se entere de que...

–¿De que nos hemos acostado juntos? ¿De que no soy virgen? –preguntó Kedah, sin dejar de sonreír–. Dudo que se asusten por eso. Me conocen muy bien, y me quieren como soy. Como te querrán a ti.

–Entonces, ¿no estás enfadado?

–¿Por qué habría de estar enfadado? Estoy encantado con la noticia. Aunque me asusta un poco que no me lo contaras.

–Es que no encontraba la forma de decírtelo –se justificó ella.

–No te preocupes. Resolveremos juntos nuestros problemas. Aunque, a decir verdad, no veo dónde está el problema –comentó Kedah con humor–. ¿Y tú?

Felicia lo pensó un momento.

Efectivamente, no tenían ningún problema. Y, si los llegaban a tener, los resolverían entre los dos.

Ya no tenía miedo de nada.

Al fin y al cabo, Kedah se había enamorado de ella.

# Epílogo

FELICIA siempre tenía que opinar sobre todo. Y a veces, se equivocaba; aunque raramente lo reconocía.

El palacio era un buen ejemplo en ese sentido. Felicia se había mostrado en contra de reformar el ala donde se alojaban, y se había equivocado. La obra de su esposo era impresionante. Había retirado las oficinas, enfatizado la belleza del edificio y hasta instalado una serie de fuentes por donde corría el agua del manantial subterráneo que había encontrado un zahorí.

–Hoy es un gran día, ¿sabes?

Felicia estaba sentada junto a una de las fuentes, con su hija. Solo habían pasado ocho meses desde el parto, así que sus apariciones públicas habían sido bastante breves; pero la pequeña empezaba a demostrar más energía, y su madre tenía miedo de que reaccionara mal cuando se tuviera que enfrentar a las masas.

Kaina.

Su nombre significaba «mujer» y «líder» al mismo tiempo, y era uno de los cambios que Zazinia había experimentado. Algún día, Kaina sería reina de aquel magnífico país. Pero, de momento, solo era un bebé que necesitaba dormir un poco.

Sus ojitos ya se empezaban a cerrar cuando Kedah entró en la sala y, por supuesto, la niña se giró hacia él.

—Oh, vaya, se estaba quedando dormida —protestó Felicia.

—Vete a la cama.

Kedah se acercó y le quitó a la niña de los brazos.

—Le acabo de dar el biberón, y no se quería dormir.

—Vete a la cama —insistió él—. Yo haré que se duerma.

Felicia se fue, y Kedah se quedó con su hija mientras amanecía, admirando el paisaje.

—Hoy vas a ver a mucha gente —dijo en voz baja—. Aplaudirán y harán mucho ruido.

Obviamente, Kaina era demasiado pequeña para entender lo que decía su padre, pero él le siguió hablando de todas formas, adormeciéndola con el sonido de su voz. Y, cuando por fin se quedó dormida, la llevó a su cuna.

Eso también había cambiado. Su hija no dormía en una habitación separada, como él a su edad, sino en la habitación de sus padres, con los suyos.

El palacio real se había convertido en un hogar de verdad.

Un hogar al que el pueblo de Zazinia acudiría esa mañana en masa.


—No te preocupes. Lo harás bien —dijo Kedah, intentando tranquilizar a su esposa.

Felicia estaba acostumbrada a tratar con la prensa y a enfrentarse a todo tipo de situaciones difíciles, pero aquello era distinto. Ya no representaba a clientes que no significaban nada para ella. Ahora representaba a un hombre que lo significaba todo.

–¡Hola, Felicia!

Felicia se sobresaltó al oír la voz del pequeño que se había acercado a ella. Era Abi, el hijo de Mohammed y Kumu, que estaban charlando a poca distancia.

–Hola, Abi.

El niño llamó a su padre, que le dedicó una sonrisa radiante. Mohammed podía tener sus defectos, pero adoraba al pequeño y, como ya había asumido que no podía hacer nada por llegar al trono, había renunciado a sus ambiciones y se había concentrado en lo más importante, su familia.

–Me parece bien que Kedah haya puesto los retratos de vuestros antepasados junto al balcón principal –dijo Rina en ese momento–. Mi marido se aburrió terriblemente cuando tuvo que posar para el suyo. ¡Pero mirad a Kedah! No se parece nada a ninguno.

Rina lo comentó con humor, sin ser consciente de que todo el mundo sabía que había tenido una aventura con Abdal. Sin embargo, nadie le dio importancia. Kedah era hijo de Omar y, en cuanto al antiguo desliz de la reina, ya estaba olvidado.

–Supongo que salió a mi familia –continuó Rina.

Felicia y Kumu se miraron y sonrieron. Las dos la adoraban. Rina podía ser algo alocada, pero también era encantadora.

Como su hijo mayor.

–Será mejor que salgamos –intervino Omar.

El rey siempre había odiado los acontecimientos oficiales, porque siempre se veía en la obligación de llamar al orden a su familia para que se comportaran con dignidad. Pero aquel día no tuvo necesidad de hacerlo. Todos salieron al balcón de buena gana. Y recibieron un aplauso cerrado de la multitud.

Al oír el estruendo, Kaina se asustó. Y Rina, que estaba junto a Felicia, dijo:

—Déjamela a mí. Así podrás saludar. La gente está aquí por vosotros.

Rina se equivocó, como pudo comprobar cuando el pueblo vitoreó a su reina, encantado de que se hiciera cargo de la niña.

Y luego, la gente empezó a gritar el nombre de Kedah, que saludó y sonrió con orgullo, consciente de que Kaina se había ganado el afecto de los ciudadanos de Zazinia. A partir de entonces, siempre los tendría en la palma de su mano.

Una hora después, dejaron a Kaina con la niñera y volvieron a la sala de los retratos, donde Felicia se quedó mirando el que más le gustaba de todos, el de Kedah.

—Tú dirás lo que quieras, pero estás sonriendo.

—No es verdad.

Su esposo y ella discutían a menudo sobre esa cuestión. Kedah afirmaba que no estaba sonriendo en el retrato, pero ella le llevaba la contraria. En su opinión, su gesto se parecía vagamente a la famosa sonrisa de *La Gioconda*.

—Sí que lo es.

—Me gusta tu túnica —dijo él, cambiando de conversación—. Me encanta ese tono de verde.

—Lo sé.

—Bueno, tenemos cuarenta minutos libres antes de la recepción oficial. ¿Qué te parece si vamos a la habitación?

–Kaina está bien. No te preocupes por ella.

Kedah sonrió con picardía.

–No estaba pensando en Kaina, sino en lo que hicimos aquella vez en mi avión.

Felicia miró los ojos del único hombre que había conquistado su corazón. Y, por supuesto, se fue con él.

Iban a hacer el amor.

Lo único que importaba.

# Bianca

**Iba a reclamar a su heredero... aunque ella se resistiera con uñas y dientes**

## PRINCESA POR ACCIDENTE

### SUSAN STEPHENS

Callie Smith lo dejó todo para cuidar de su padre alcohólico. Cuando él murió, ella pudo por fin perseguir sus sueños. Y no encontró mejor manera de celebrarlo que pasando una noche extraordinaria y llena de pasión con el atractivo príncipe italiano Luca Fabrizio.

Para mantener su dinastía familiar, Luca pensaba casarse con una esposa de conveniencia, hasta que Callie le reveló las consecuencias de su ardiente encuentro. Después de haber recuperado su libertad, Callie se negaba a llevar su anillo. Para legitimar a su heredero, Luca debió convencerla de que la vida en su cama real sería más placentera de lo que ella podía imaginar.

# Acepte 2 de nuestras mejores novelas de amor GRATIS

## ¡Y reciba un regalo sorpresa!

## Oferta especial de tiempo limitado

**Rellene el cupón y envíelo a**

**Harlequin Reader Service®**
3010 Walden Ave.
P.O. Box 1867
Buffalo, N.Y. 14240-1867

**¡Si!** Por favor, envíenme 2 novelas de amor de Harlequin (1 Bianca® y 1 Deseo®) gratis, más el regalo sorpresa. Luego remítanme 4 novelas nuevas todos los meses, las cuales recibiré mucho antes de que aparezcan en librerías, y factúrenme al bajo precio de $3,24 cada una, más $0,25 por envío e impuesto de ventas, si corresponde*. Este es el precio total, y es un ahorro de casi el 20% sobre el precio de portada. !Una oferta excelente! Entiendo que el hecho de aceptar estos libros y el regalo no me obliga en forma alguna a la compra de libros adicionales. Y también que puedo devolver cualquier envío y cancelar en cualquier momento. Aún si decido no comprar ningún otro libro de Harlequin, los 2 libros gratis y el regalo sorpresa son míos para siempre.

416 LBN DU7N

| | |
|---|---|
| Nombre y apellido | (Por favor, letra de molde) |

| | |
|---|---|
| Dirección | Apartamento No. |

| | | |
|---|---|---|
| Ciudad | Estado | Zona postal |

Esta oferta se limita a un pedido por hogar y no está disponible para los subscriptores actuales de Deseo® y Bianca®.
*Los términos y precios quedan sujetos a cambios sin aviso previo.
Impuestos de ventas aplican en N.Y.

SPN-03                                    ©2003 Harlequin Enterprises Limited

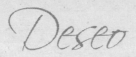

*Nunca un romance fingido había resultado tan real*

## MENTIRAS Y PASIÓN

## MAUREEN CHILD

Micah Hunter era un escritor de éxito que llevaba una vida nómada, aunque se había instalado de manera temporal en un pequeño pueblo para realizar una investigación. No contaba con que la dueña de la casa lo iba a sacar de su aislamiento, pero Kelly Flynn era tan distinta a otras mujeres que Micah quería conocerla a fondo.

Ella necesitaba su ayuda. Le pidió que fingiese ser su prometido para tranquilizar a su abuela. Y él decidió aprovechar la oportunidad. Hasta que a fuerza de actuar como si estuviesen enamorados empezaron a sentir más de lo planeado.

# Bianca

**El deseo se apoderó de Alejandro
en el momento en el que vio a Kitty**

## COMPROMISO TEMPORAL

### NATALIE ANDERSON

La impulsiva Catriona Parkes-Wilson debía recuperar un olvidado recuerdo de familia. Si eso significaba entrar por la fuerza en
la mansión en la que había crecido, así lo haría. Sin embargo,
jamás hubiera pensado que la descubriría el nuevo dueño de la
casa, Alejandro Martínez, ni que él la obligaría a hacerse pasar
por su pareja para la fiesta de aquella noche.
El deseo se apoderó del apasionado Alejandro en el momento
en el que vio a Kitty. El temerario abandono de ella despertó
en él una necesidad animal para reclamarla como algo propio.
Por ello, cuando una invitada pensó que Kitty era su prometida,
Alejandro decidió aprovecharse al máximo y dar rienda suelta a
la pasión que ardía entre ambos…